Christian Jakob Wagenseil

Vermischte Gedichte und prosaische Aufsätze

Christian Jakob Wagenseil

Vermischte Gedichte und prosaische Aufsätze

ISBN/EAN: 9783744635813

Hergestellt in Europa, USA, Kanada, Australien, Japan

Cover: Foto ©Andreas Hilbeck / pixelio.de

Weitere Bücher finden Sie auf **www.hansebooks.com**

Vermischte Gedichte

und

profaische Auffäze.

von

C. J. Wagenfeil.

Drittes Bändchen.

Kempten,

Gedruckt und verlegt von der typographischen Gesellschaft.

1786.

Vorbericht.

Geschworen hab ich nicht, daß ich keine
Verse mehr machen wolle, als ich den ersten und zweyten Theil meiner poetischen
Spielereyen herausgab, weil ich wohl weis,
daß die Musen über Dichterschwüre gemeiniglich zu lächeln pflegen; aber gezweifelt
doch, daß ich jemals dem Publikum wieder Gedichte vorlegen würde. Wer kann
wissen, wie künftige Zeiten und Umstände
sind? — Während meiner Zweifel wurde
manches Lied gesungen, von dem ich hofte,
daß es den Freunden der beyden ersten Theils
auch gefallen könnte. Ich hatte Lust, einige
den im gegenwärtigen Bändchen befindlichen
musikalischen Gedichten als Zugabe anzu-
hängen; allein in dergleichen Angelegenheiten
wissen die Herren Verleger besser, quid juris,
als unser einer. Die meinigen meynten, es
wäre ratsamer, ein ordentliches Drittes
Bändchen vermischter Gedichte und
prosaischer Aufsäze zu liefern, weil das
Publikum die beyden ersten mit Beyfall
aufgenommen habe. Wenn ich nun sagte,
daß dies Anerbieten meiner poetischen Eitel-
keit — von der ich meine Portion wie jeder
andere Musensohn empfangen — nicht ge-
schmeichelt habe; so würde mirs kein Mensch
glauben, der einmal mit Ernst die Hand auf
sein Herz gelegt hat. Also, es hat mich

in der That gefreut, daß ich zu einer Zeit,
wo manche Gedichte theures Makulatur
werden, in mehrern Messen gekauft und ge-
lesen worden bin. Warum sollt ich das
nicht öffentlich beweisen? Warum sollt ich—
um mit Bürger zu reden — nicht gerne
in ein Haus gehen, worinn ich willig gelitten
bin? Ist dies Entschuldigung genug, für
gegenwärtigen Auftritt, so bin ichs recht sehr
zufrieden.

Die Kunstrichter dürfen nicht etwa glauben,
ich habe — der Verlagshandlung zu Gefallen
nur geschwind alles zusammengeraft, was ich
unter meinen Papieren gefunden; denn ich kann
versichern, daß manches Gedicht zum Opfer
Vulkans getragen worden sey.

Wenn die gegenwärtige Sammlung das
Glück hat, den Beyfall der ersten zu erhalten, wenn ich das Zeugnis bekomme, nicht
rück- sondern vorwärts gegangen zu seyn; wenn
manches meiner Stücke Freude und guten Mut
in das Herz meiner Leser bringt, mein Andenken
meinen Freunden und Freundinnen schäzbarer
macht; o so bin ich genug belont und es soll
gewiß ein Sporn für mich seyn, das bischen
Talent, mit dem der gütige Himmel mich
auszusteuren für gut fand, immer mehr an-
zubauen und zu erhöhen.

Kaufbeuren im September 1786.

Wagenseil.

Innhalt.

Innhalt.

I.

Gedichte.

Epiſtel

II.

Musikalische Gedichte.

III.

Prosaische Aufsätze.

Das

I. An

L.

An die
Durchlauchtige Prinzeſſinn Karoline Amalie
von Heſſen = Caſſel.

Im Oſtermonat 1785.

Das ſchönſte Loos des Sterblichen hienieden,
  Dem mancher Schweis von ſeiner Stirne
               trof,
Iſt das Geful, nicht jeder Tropfen falle
Vergebens, und nicht jede ſeiner Nächte
Sey ganz umſonſt durchwachet. — O Gottlob,
Gottlob auch ich, ich habe ſie geſchmeckt,
Wagenſ. Ged. III. B.   A   Die

Die Himmelswonne, daß ich nicht umsonst
Gestrebt, gerungen, nützlich hier zu werden.
Und wenn auch mancher Plan, mit heissem Eifer
Entworfen, Wasser ward; so wurdens alle,
Doch alle nicht, und mancher wurde reif.
O! wenn ich lange nicht mehr bin, und müde
Mein Leib im Schoos des stillen Grabes schlummert,
Und keine Sorge mehr den Wandrer drücket;
So wird vielleicht noch dann in manchem Herzen
Mein Name leben und unsterblich seyn.

Ich dacht' es nicht, Prinzessinn, als ich einst
Der Jugend mich zu einem Führer weihte,
Und ach, so gern die Blumenpfade gieng; *)
Ich dacht' es nicht, Dich in das Heiligthum
Der Lehrerin der Menschen, der Geschichte,
Der Richterin, vor der auch Fürsten zittern,
Hinein zu führen, wo so gern Du weilst.
O Du, vielleicht geboren einen Thron
Einst zu besitzen! wenn ich Dich gelehrt,
An Heinrichs Bild und Ernstens Freude finden,
Wenn Dionys und seine Schmeichlerbrut
Verächtlich Dir erscheinen; wenn es mir gelänge,

Ins

*) Als Ich die vier Bändchen meiner historischen
Unterhaltungen für die Jugend schrieb.

Ins weiche Herz, für alles Gute offen,
Der Tugend Reiz und Werth zu predigen:
Wenn Dir die Menschheit theuer würde, wenn
Bey ihrem Jammer eine Thräne Dir
Vom Auge rollte, und bey ihren Freuden
Dein Herz vor Wonne klopfte; o wie froh
Wollt ich den Weg des trüben Lebens wallen!
Ich sehe schon im Geist den Unterthan,
Der Dein Verdienst mit Freudethränen ehret.
Ich sehe schon die Muse der Geschichte
Mit goldnem Griffel jede schöne That
Von Dir bezeichnen, und bin stolz darauf,
Weil leicht ein Körnchen von dem Samen, den
Ich ausgestreut, aus Deinem Herzen keimt.

O mögen diese Spielereyen, *) die
Dein Lehrer **) Dir in meinem Namen reichet,
Im Strom der Zeiten immerhin versinken!
Wenn nur das eine meiner Werke bleibet,
Das Deinem Geist, Prinzessinn! Narung giebt,
Aus dem Du lernst, wie göttlich groß es sey,
Wenn Fürsten Väter ihres Volkes sind.

*) Der erste und zweyte Theil meiner Gedichte
und prosaischen Aufsäze.

**) Herr Pfarrer Göz zu Hanau.

 An

An den Winter.

Am 3ten Ostermonats 1785.

Nun wär' ich seiner herzlich satt,
 Gestrenger Herr! ich bitte,
Entfern er sich von unsrer Stadt
 In Länder, wo die Sitte
Es mit sich bringt, daß Schnee und Eis
Nicht mehr vergeht, die Fluren weiß
 Durchs ganze Jahr sich zeigen,
 Und Nachtigallen schweigen.

Fürwahr, er macht es gar zu grob!
 In meinem ganzen Leben
Stimm' ich nicht in das große Lob,
 Das Asmus ihm gegeben. *)
Bedenk' er mal, der Arme starrt,
Bey seiner langen Gegenwart,
 Vor Kälte; ach! und zittert.
 Weil nichts im Ofen knittert.

            Er

*) Ein Lied hinterm Ofen zu singen. Im vierten
Theil seiner Schriften.

Er plagt uns, edler Herr Patron,
    Fünf volle Monden lange!
Sie sind so langsam weggeflohn,
    So traurig und so bange.
Ich bin ihm sonst sehr wohl geneigt,
Wenn er sich im December zeigt,
    Und bläßt aus vollem Schlauche,
    Nach seinem alten Brauche.

Lern' er doch hübsche Lebensart,
    Und merk' er sich die Lehre,
Ich weiß, sein Kopf ist nicht so hart,
    Daß ihm unmöglich wäre
Zu fassen: einen steten Gast,
Nennt man zuletzt den Ueberlast,
    Und ohne viel Geziere,
    Zeigt man ihm gar die Thüre.

Er neckt uns gar zu jämmerlich,
    Ich kanns ihm nicht verhelen!
Schon zwey bis dreymal stellt' er sich,
    Als wollt' er sich empfelen.
Und immer kehrt er wieder um,
Als käm' er in sein Eigenthum,
    Und stürmt und schneyt behende,
    Als wüßt' er gar kein Ende.

           Schon

Schon ist der Lenzmond ganz vorbey; —
 Hab keinen Lenz gesehen!
Und immer eine Melodey
 Uns aus As Moll zu krähen.
Wir bitten, höflich, mach er sich
Nicht weiter Mühe — Pak' er sich
 Zum Nordpol an dem Strande,
 Hinweg aus unserm Lande!

O Sonne, deiner Majestät
 Empfelen wir die Sache!
Wenn er nicht selber gütlich geht,
 So stehen wir um Rache!
Brenn ihn auf seinen kalten Kopf!
Verseng ihm gnädig Zopf und Schopf!
 Zünd' an des Böswichts Kleider,
 Und jag ihn nackend weiter!

Zwey Jahr hat er uns Ohrenschmaus
 Mit Saus und Braus gemachet.
Zulezt macht er Gewonheit draus,
 So weh's uns thut und lachet.
O Sonne! glänz vom Himmelszelt
Doch wiederum auf deine Welt,
 Und wärm', wenn er vertrieben,
 Was bisher kalt geblieben!

An den Frühling.

Im Ostermonat 1785.

Ey, schönen guten Tag, dem Herrn
 Im rosenfarben Kleide!
Wir sehen ihn recht herzlich gern,
 Sein Daseyn macht uns Freude.
Wir glaubten wahrlich schon, daß er,
Scharmanter Jung', erfroren wär,
 Und wollten schier verzagen,
 In jenen kalten Tagen.

Der Harfenschläger, der im Grimm
 Den Winter ausgescholten,
Der Saus und Braus und Schneyen ihm
 Gar jämmerlich vergolten,
Daß er, erfüllt mit Schimpf und Spott,
Entfloh in seine Felsengrott;
 Soll ihm, vor allen Dingen,
 Nun auch ein Liedlein singen.

O zuckersüsses Püppchen, sey
 Uns tausendmal willkommen,
Daß du zu uns herab aufs neu
 Vom Himmel bist gekommen!

A 4   Mit

Mit Wangen, lachend wie die Flur,
Gefärbet von Mamma Natur,
   Mit Blumen rings gezieret,
   Und herrlich auffrisieret.

Vor deinem Wagen schwebt ein Schwarm
   Von jungen Nachtigallen.
Du trägst ein Füllhorn in dem Arm,
   Draus Maienblümchen wallen.
Zytherens Schwalben dienen dir
Als schnelle Läufer, für und für;
   Aurorens Hengste tragen
   Den goldnen Purpur Wagen.

Was sind wohl Mengs und Raphael,
   Mit allem ihrem mahlen?
Der Frühling braucht nicht Farb, nicht Oel,
   Läßt sich auch nichts bezalen;
Und streicht sein Roth, und Weiß und Grün,
Auf Felder, Bäum' und Blumen hin,
   Daß jeder Künstler schweiget,
   Und sich demütig neiget.

Was ist wohl Hillers Melodie?
   Was Mara's Silberkehle?
Der Nachtigallen „Hi! Ahi!"
   Giebt größre Lust der Seele.

O, Meister Frühling! der sie lehrt;
Ha! dein Concert hat größern Werth,
Denn Virtuosen Thaten,
Entlocken viel Dukaten.

Gesundheits Fülle strömt aus dir,
Du wunderschöner Knabe!
Der Kranke wartet mit Begier
Auf Dich, des Himmels Gabe
Der Hofherr, dem's am Herzen nagt,
Weil ihn die Langeweile plagt,
Ist ihr durch dich entronnen,
Und kutscht zum Sauerbronnen.

Verliebten Seelen heissest Du
Ein Guter, Holder, Lieber!
Sie jauchzen dir von Herzen zu,
Die Sorgen sind vorüber.
Denn Lauben, kühl, und grün und dicht,
Verrathen ihre Küsse nicht,
Und nicht die Rasenpläze
Ihr tausendsüß Geschwäze.

O holder Junge, habe Dank,
Für Blüt' und Nachtigallen,
Und laß dir diesen Lobgesang
Des Harfners wohl gefallen!

Nimm

Nimm doch zwey Bänke Reimerey'n *)
Von mir, in deinen Wagen ein!

Schüz', sie, — dein will ich harren, —
Vor Kritikern und Narren!

*) Vermischte Gedichte und prosaische Aufsäze,
2 Theile, 8. Kempten 1785.

Ein Stück aus einer Litaney.

Vor Wassersnot und Feuersnot,
Vor junger Mädchen schnellem Tod,
Vor alter Weiber Klatscherey,
Behüt uns Gott, und steh uns bey!

Epistel

Epistel an Lottchen.

Im Ostermonat 1785.

Als Unschuld einst aus unsrer Welt entwich,
Und aus Pandorens Büchse sich
Die unzälbaren Uebel drangen,
Die von der Wiege bis zum Grab
Den armen Sterblichen umfangen
Da, Lotte! sah ein guter Gott herab,
Auf die entweihte schöne Erde,
Und daß sie nicht dem Menschen Hölle werde,
Schuf er die holde Freundschaft schnell,
Die uns das trübe Leben hell
Mit ihrer Fakel machet. — O! wer trüge
Sie öfters alle, seines Daseyns Last,
Die er getrost auf seine Schulter faßt;
Wenn nicht ein Freund an seinen Busen eilte,
Und Wunden, die sie ihm gedrückt,
Mit milder Hand wolthätig wieder heilte!

Das

Das Kind, das noch mit Lust auf seine Trom-
mel blickt,

Fült schon des Umgangs Süssigkeiten,
Sucht sich Theilnehmer seiner kleinen Freuden,
Und weint, und weiß nicht, was ihn quält,
Wenn ihm sein Spielgeselle fehlt.
So leitet sie an ihrem Gängelbande
Den Jüngling, Mann und Greisen hin,
Und wenn wir einstens diesem Lande
Der Täuschung und des Wahns entfliehn.
Wo reine Freuden wenig sprossen,
Und selten einer frey bekennen kann:
Er habe ganz des Lebens Lust genossen;
Dann wird sie sich im goldnen Glanze nahn,
Und in des Himmels Lauben ihre Vielgetreuen
Mit neuer Süßigkeit erfreuen.
O wehe dem, der nie gefült,
Welch Trost von ihren Lippen quillet,
Den nie ein Freund umschloffen hielt,
Dem Gold und Rang nur seine Sehnsucht stillet!
Sein Leben gleicht der dickstén Mitternacht,
Die nie ein Stern des Himmels hell gemacht.
Todt ist er, — todt für alles Schöne,
In deinem weiten Reich, allliebende Natur!
Vergebens hast für ihn auf jede Flur
Du grüne Teppiche gebreitet! — Deine Töne
Se-

Geliebte Nachtigall, vernimmt sein stumpfes Ohr
Im kühlen Walde nicht! — Ein ganzes Chor
Von Lerchen wirbelt ihm vergebens,
Und wie im Traum vergehn die Tage seines Lebens.

Doch wohl dem Manne, der auf seinem Pfad,
Und wenn auch Dornen ihn verwunden,
Die Himmelstochter, einst gefunden,
Und fest ans Herz geschlossen hat!
Ach, jede Freude, ohne sie genossen,
Ist doch nur halb, für Menschenherz;
Und jedem, dem des Kummers Thränen floßen,
Verscheuchet sie den Schmerz.
Ihr dank ich alle Seeligkeiten
Des Lebens, jeden frohen Augenblik,
Ihr alle meine besten Freuden,
Ihr dank ich all mein Glück!
Wenn siebenfältig schwerer Kummer
Sich auf mein armes Herz gestürzt,
Und mir die Nacht mit sanftem Schlummer
Die Last des Tages nicht gewürzt;
Wenn Leidenschaft die Brust empörte,
Und meiner Seele Fried und Ruh
Ein Dummkopf oder Schurke störte:
Wer, Freundschaft tröstete mich dann so süß,
     als du!
        Auch

Auch deines Lebens bestes Glük,
O Lotte! hat sie stets gemachet.
Und ach! wie dank ich dem Geschik,
Das selten freundlich mir gelachet,
Das oft für mich Stiefmutter ward;
Daß es den Augenblik mir wenigstens gespart,
Als du mir einst so froh entgegen hüpftest,
Ich da erröthend vor dir stand,
Und du mit mir ein Freundschafts Band
Für mehr als dieses Leben knüpftest.
Noch seh ich dich, im weissen Schäferkleide,
Mit blauen Schleifchen vor der Brust,
Wie du — mein Stolz und meine Lust! —
Wie du mit ganzer Herzensfreude
Mir lächelnd diese Hand gedrükt,
Und liebevoll mich angeblikt.
Nein, nimmer werd ich es vergessen,
Wie in dem trauten Stübchen wir
Oft Hand in Hand so froh gesessen,
Am goldbesaiteten Klavier.
Die süssesten Gefüle drangen
Durch meine Brust, wenn wir zusammen sangen.
Und ach! wie du auf freyer Flur
Im Tempel, den sich die Natur
Bey Münden aufgebauet, mir dann aufs neue
Versprachst der ew'gen Freundschaft Treue!

Wa-

Wolan! sie soll bestehn, so lang ein Herz
In mein und deinem Busen schläget!
Du fühlst keine Lust, fühlst keinen Schmerz,
Der nicht mein Innerstes beweget.
Nicht Ein Gedanke wohn' in meiner Brust,
Er sey auch dir, du gutes Kind, bewußt!
So lang die Parze mir den Lebensfaden spinnet,
So lang der Sand in meinem Glase rinnet,
So lang ich athme, lieb ich Dich;
Dehn, Heil sey mir! Du, Lotte, liebst auch
mich!

Dein Geist erheitre meine trübe Seele, *)
Und deine göttliche Gelassenheit,
Sey Beyspiel mir, wenn ich mich ferne quäle,
Und das Geschick den Pfad mit Dornen überstreut!
Dein Mut, im Leidenschaften Streite,
Belebe deines Freundes Brust!
Dein Gleichsinn wohne bei mir, wenn ich leide,
Verlaß mich nie bei irgend einer Lust!
Und wenn ich einst dem Tod entgegen wanke,
Und du wirst fern für mich zum Himmel ängst-
lich sehn;
So sey dein Name noch mir tröstender Gedanke,
Und Hoffnung auf das frohe Wiedersehn.

*) Es sollte mir leid seyn, wenn jemand die fol-
genden Verse für poetische Uebertreibung hielte.

Myria

Myrta an Lykas

Im Brachmonat 1785.

O Himmel, das war eine Nacht!
   Noch beb' ich vor Entzücken.
Noch schwimmt mein Traum, so wonnereich, —
Kaum ist die Wirklichkeit ihm gleich, —
   Vor meinen trunknen Blicken.

Dir, der mir alles, alles ist,
   Seit ich dich einst gefunden,
Reicht' ich am Traualtar die Hand,
Und unser liebevolles Band
   Hatt' Priesterhand gebunden.

Wie schwebten wir im Reihentanz,
   Wie selig, o wie selig!
Mein Auge hieng an dir, und du,
Du lächeltest mir freundlich zu,
   Das machte mich so selig.

Und

Und als die Nacht vom Himmelszelt
    Den Zepter herrisch streckte,
Da stimmerte in dunkler Fern
Der liebe goldne Abendstern,
    Der neue Freuden weckte.

Du führtest durch die Schatten mich,
    Die Nacht umher gebreitet.
Wie freut' ich mich des Mondes, der
Uns warlich niemals freundlicher
    Um Mitternacht begleitet.

Das stille Zimmer nahm uns auf,
    Wo wir uns einst gefunden,
Wo uns die Zeit auf Flügeln schnell,
Ach Gott, so ungetrübt und hell
    Bey manchem Kuß verschwunden.

„O! daß an deiner Brust der Tod
    Mich wonnetrunken fände!“
So sprachst du, Lylas, schmiegtest dich
An meinen Busen inniglich,
    Und drücktest mir die Hände.

Und nahmst mich schmachtend an dein Herz,
　　Und gabst mir tausend Küsse.
Wie, Tausend? — Zahllos waren sie,
Und nimmermehr vergaß ich sie,
　　Sie waren mir so süße.

Ein Lager stand für uns bereit,
　　Wir wankten Wollust trunken
Ihm zu, und alles schwand uns rund,
Wir ruhten enge Mund an Mund,
　　Und Herz an Herz gesunken.

So lang ich lebe, will ich mich
　　Des süßen Traumes freuen,
Den Amor mir gesendet hat.
Oft soll er meinen rauhen Pfad
　　Mit Rosen überstreuen.

Und wenn mit seiner Fakel dich,
　　Freund, Hymen einst begleitet;
So gieb noch dem Gedanken Raum,
Daß er die Wonne mir im Traum
　　Zum wenigsten bereitet.

Der ungebundne Liebhaber.

Im Brachmonat 1785.

Ich lobe mir Schmetterlings Art und Natur,
Wie schwebt er so selig auf blühender Flur!
Bald Veilchen, bald Ros' und bald Rosmarin,
Labt süsse des Flatterers durstigen Sinn.

O wehe, dir, der nur an etwas sich hält!
Veränderung beherrscht ja allmächtig die Welt.
Die Ströme verrollen, die Stürme verwehn,
Die Berge verfallen, die Rosen vergehn.

Wie wäre so wonnig und herrlich die Welt,
Wenn Luna nun thronte am himmlischen Zelt?
Wie wär sie so wonnig und herrlich, wenn nur
Die goldene Sonne bestralte die Flur?

Daß Tag und Nacht wechselt, daß Regen
                                      und Wind
Oft weichen dem Zephyr, so kühl und gelind;
Das macht sie so selig, so wonnig und schön,
Drum kann sich dein Auge nicht satt an ihr sehn.

                    B 2   Du

Du ringest und strebest nach mancherley Gut,
Hast, eh du s besitzest, nicht fröliches Mut.
Und wenn es gekommen, und hast du es; ach!
So folget dem Wunsche der Ekel schon nach.

Was soll mir ein Mädchen zum ewigen Bund?
Ich küsse gern jeglichen rosigen Mund.
Die Blume blüht allen, für jegliches Ohr
Singt schmetternd der Nachtigall'n fröliches Chor.

Und wer nun das niedliche Blümchen nicht
pflückt,
Wen Nachtigall Stimme im Wald nicht entzückt;
Der bleibe dann thöricht! — Es ist mein Beruf,
Geniessen, was Schönes der Schöpfer erschuf.

Nur Freyheit macht selig, nur Freyheit
beglückt,
Indeß wohl die Kette von Rosen auch drückt.
Gebundene Liebe bringt Gram und Verdruß
Und Eifersucht folgt ihr mit eilendem Fuß.

O Jammer und Elend, wenn Trennung und
Tod.
Von Ferne dem Bunde des Liebenden droht!
Kaum

Kaum reicht ihm die Hoffnung den Becher mit
Wein,
So mischet das Schicksal schon Schierling hinein.

Ich liebe die Freyheit und küsse mit Lust,
Ein jegliches Mündchen und jegliche Brust.
Lang trug ich die Ketten der Mädchen umher,
Nun sind sie gebrochen, ich trag sie nicht mehr.

Natur, ich folg', ich folge dem Ruf,
Und liebe, was Schönes der Schöpfer erschuf.
Er schuf es für alle, er schuf es auch mir;
Du sagst es, o Göttin! Dank sey dir dafür!

 An

An Lyda.

(Nach einer Melodie des Liedes: „Wenn die Nacht
mit süsser Ruh ꝛc“.)

Im Heumonat 1785.

Wenn durch düner Wolken Flor
    Luna's Auge blicket,
Und die schweigende Natur
    Sanfte Ruh erquicket;
Lyda, o wie wohl ist mir!
Dann bin ich im Geist bey Dir.

Engelgüte, Seelenruh,
    Stralt aus deinen Blicken.
Ach! noch bebt in meiner Brust
    Himmlisches Entzücken,
Denk' ich nur des Tages, da
Ich zum erstenmal dich sah.

Schö-

Schöner kann die Rose nicht
    Au' dem Stocke prangen,
Als auf der Natur Geheis
    Blühen deine Wangen.
O mit Wonnetrunknem Sinn,
Sink' ich dir am Busen hin!

Ach! wie wohl ist mir bey dir!
    Süsse Lyda, höre,
Wie in ferner Einsamkeit
    Ich dir Liebe schwöre.
Ach, du bist so lieb und hold,
Lauter, ächt und treu wie Gold.

Schlummre sanft, mein holdes Kind,
    Schlummre, Lyda, süsse!
In Gedanken geb ich dir
    Tausend warme Küsse.
Schlief ich doch beym Mondenschein
Lyda, dir am Herzen ein!

An

An eine edle Mutter von vier Kindern.

Im Erndtemonat 1785.

Seh ich dich im frohen Kreise
　　Deiner lieben kleinen Welt,
Wie dir dies die Wangen streichelt,
　　Jenes an der Hand dich hält,
Noch eins wie ein Engel lächelt, –
　　Und das vierte nach dir blickt;
O! ich weis, du fülst es, Freundin,
　　Wie mir dies mein Herz entzückt.

Welch ein seliges Geschicke,
　　Liebevolle Mutter seyn;
So mit ganzer Herzenswonne
　　Seiner Lieben sich zu freuen!
Ach! der Aussicht in die Zukunft,
　　Labend wie des Zephirs Wehn,
Sich für jede kleinste Sorge,
　　Jede Müh, belont zu sehen!

Keine

Keine Wolluſt hier auf Erden
    Kommt der Mutterfreude bey.
Ach, ſie wird mit dem Erwachen
    Jedes Morgen wieder neu;
Wenn das luſtige Geſindel
    Froh. im Sonnenſtrale ſpielt;
Deſſen Seele ſchuf im Zorne
    Die Natur, der da nichts fült.

Mögeſt du mit dieſer Freude
    Spät dich, o Eliſe, freun!
Möge dir im Alter jede
    Sorge ganz vergolten ſeyn!
Sie, es förderte kein Reichthum
    Meines Lebens Glück und Ruß;
Aber — ſteh' es mir vom Himmel! —
    Solch ein Mütterchen, wie du.

Das Hüttchen.

Im Erndtemonat 1785.

Wer kommt auf meine freye Flur,
　　Und schaut mein Hüttchen an!
Es baute selbst mir's die Natur,
　　Und Kunst that nichts daran.
Der guten Mutter milde Hand
　　Ließ Bäume rings entstehn,
Und hinterher die Epheuwand,
　　Wodurch die Weste wehn.

Dann machte sie die Rasenbank,
　　Wo kühl die Quelle fließt,
Daß bey der Nachtigall Gesang
　　Sich ieder Schmerz vergißt.
O! wenn des Tages Hize weicht,
　　Die Felder werden leer;
Dann blickt der Mond, so froh und leicht,
　　Zum stillen Hüttchen her.

Wie

Wie scheint mir aller Fürsten Pracht
    So widrig und so klein;
Bin ich in einer Sommernacht
    Im Hüttchen ganz allein!
Wie lach' ich aller Lust der Welt,
    (Sie währt ja doch nicht lang!)
Und dessen, dem sie wohlgefällt,
    Auf meiner Rasenbank!

Mir ist so wohl in freyer Luft,
    Wo's liebe Hüttchen steht,
Wenn süsser balsamvoller Duft
    Vom Baum herunter weht;
Wenn's auf den Aeckern stille wird,
    Der müde Schnitter weicht,
Das kleine, süsse Bienchen schwirrt,
    Und froh die Lerche steigt.

Wenn Thau, wie Silber, jedes Blatt
    Wohlthätig überzieht,
Und über meiner Lagerstatt
    Das Heer der Sterne glüht;
Dann schlummr' ich ein und süsser Traum
    Umgaukelt freundlich mich.
Kein König auf dem weichen Pflaum,
    Schläft wohl so süß, als ich.

Zu=

Zufriedenheit verlässet nie
    Mein Hüttchen still und klein;
Drum soll die Göttin spät und früh
    Gebenedeyet seyn!
O süsse Lyda, theiltest du
    Mein Hüttchen noch mit mir;
Dann fehlte nichts zu meiner Ruh,
    Und wohl wär mir und dir!

Ode

Ode

Auf den Herzog Maximilian Julius Leopold von Braunschweig.

Multis ille bonis flebilis occidit
Horat.

„Ach, unſer Prinz!" — das war der Jam-
merton,
   Der laut von jeder Lippe tönte,
Als Leopold ſein Leben — o ſo ſchön!
   Mit einem großen Tode krönte.
Wer nie gefült, empfand zum erſtenmal,
   Wer nie gebebt, dem zitterten die Glieder;
Dem Krieger ſelbſt, ergraut im Pulverdampf,
   Stürzt eine heiſſe Thräne nieder.

Rühmt, Dichter! Helden, die der Tod in Staub
   Im Schlachtgefilde hingeſtrecket,
Von feindlichem Gewehr in dem Tumult
   Mit rothen Wunden überdecket:
Mehr werth iſt mir der Name Leopolds,
   Er ſtarb im Dienſt der Menſchenliebe
Den ſchönen Tod. — Wer ſo ſich opfern kann,
   Deß Herz fült nicht gemeine Triebe.

Hoch

Hoch bäumte sich der Oder wilde Flut, *)
    Ein Schauer fuhr durch Aller Glieder.
Bald tobt das Wasser wütend himmelwärts,
    Bald stürzt es schäumend sich hernieder,
Reißt Brücken ein, zerstört der Häuser Grund,
    Durchbricht den Danim, die Wogen toben,
Hier schwimmt ein Kahn, bald decket ihn die Flut,
    Bald sieht man ihn empor gehoben.

Hier sinkt ein Baum, und dorten stürzt ein Haus
    Mit Krachen ein. — Die Wellen schlagen
Am Ufer an. — Dort winseln Säuglinge,
    Wer wird es, sie zu retten, wagen?
Laut heult der Sturm in dem Gefild umher,
    Zerstört den Mut, betäubt die Ohren.
Noch lauter heult das Volk aus dumpfer Brust:
    Weh uns, o Gott, wir sind verloren!

Hier schreyt ein Greis auf seines Hauses Dach,
    Dort ringt ein Mädchen bang die Hände.
Hier seufzen Kranke laut zum Himmel auf,
    Und flehen ängstlich um ihr Ende.

*) Am 27. April des Jahres 1785.

Nichts

Nichts dämmt die Wut der Wellen. — Wilder
     tobt
 Der Wind, und lauter wird das Krachen,
Als wollte schon mit allen Schrecknissen
 Der Tag des Richtenden erwachen.

Da stand der Held und sah dem Jammer zu,
 Schnell fieng sich an die Brust zu heben.
»Ich will sie retten, will es! ruft er aus,
 „Hier, Freunde, gilts um Menschenleben!«
Sprichts; denkt im Sturm der edeln Leidenschaft
 Nicht seiner mehr — und mutig springet
Er in den Kahn, indeß ein ganzer Schwarm
 Sich her, ihn abzuhalten, dringet.

»Hier gilts kein Säumen! Vater führet mich!«
 Spricht er zum Schiffer. — Schnelle! flieget
Der Nachen fort. — Das Volk blickt ängstlich nach,
 Von Furcht und Hoffnungen gewieget.
Beynahe schwand schon jegliche Gefar,
 Schon hört man jede Klage schweigen.
O Gott! bald sind sie nahe jenem Ort
 Zum Jammer enden auszusteigen.

          Hier

Hier steht ein Baum, an diesen treibt die Flut
　　Den Nachen an, der sie getragen.
Er sträubt sich, — prellt zurück — fährt wieder
　　　　　　　　　　　an, —
　　Und — Gott iezt ist er umgeschlagen.
„Ach, unser Prinz!" so schallt der Jammerton,
　　Und niemand weiß sich mehr zu fassen.
Am Ufer tönt es fürchterlich: „der Prinz!"
　　Und fürchterlich in Frankfurts Gassen.

Kein Mensch denkt mehr der allgemeinen Not,
　　Denn schmerzlicher ist diese Wunde.
„Ach! unser Vater! Gott! er ist nicht mehr!"
　　So tönt es, wie aus Einem Munde.
„O rettet, rettet ihn!" — Doch nur umsonst,
　　Der Menschenfreund ist schon verschwunden.
Der Helfer, der für Andre sich gewagt,
　　Hat in der Flut den Tod gefunden.

Wohl dir, o Prinz! Du bist belohnt, belohnt
　　Für jede deiner schönen Thaten,
Für deinen Mut, für jeden Tropfen Schweis,
　　Für helfen, retten, trösten, rathen.
Dein Monument steht fest in jeder Brust,
　　Das kein Jahrhundert mehr verwüstet.
Es eifert dir hinfort ein jeder nach,
　　Dem nach der Tugend Kranz gelüstet.

　　　　　　　　　　　　　　Wie

Wie war dir da, als nach dem edeln Kampf,
    Der Richter von dem Sonnenthrone
Dir lächelte, als du aus seiner Hand
    Empfiengest die kristallne Krone?
Wie war dir, in des ersten Welfen Blick,
    Mit Flammenschrift gemalt, zu lesen:
»Komm her, mein Sohn! Dein ist die Ewigkeit,
    »Du bist der Väter werth gewesen!«

O weine nicht, du, die den edeln Mann,
    Den großen Leopold, geboren!
Für Tausende, die Gram und Not gedrückt,
    Vom Himmel selbst zum Retter auserkoren.
Wenn einst auch dir, nach wohl vollbrachtem
                    Lauf,
    Die Engel Jubelhymnen singen;
Dann, — freue dich! — dann wird er wonnevoll
    Die Palme dir entgegen bringen!

Ein Lied beym Punsch zu singen.

Für Freymäurer.

Heil, sey dem Mann im freyen Land,
  Der uns den edlen Trank,
Den Nektargleichen Punsch erfand,
  Ihm tön' der Nachwelt Dank!

Hieher, wer edel denkt und frey,
  Kein Sklav des Lasters ist,
Und dem die edle Maurerey
  Des Lebens Pein versüßt!

Hieher, wer bieder ist und gut,
  Wer heitre Weisheit liebt,
Und willig Habe, Gut und Blut
  Für seine Brüder giebt!

Wenn Stärk und Schönheit theuer sind,
  Deß Herz mitleidig ist;
Der in der Welt voll Dunst und Wind
  Nie seinen Wert vergißt!

Es lebe hoch das edle Land!
　　So groß und gut und frey!
Das Land, das uns den Punsch erfand,
　　Schäzt auch die Maurerey.

Hinweg, wer vor der Thorheit Thron
　　Im niedern Staube kriecht!
Du, edler Trank von Albion,
　　Labst seinen Gaumen nicht!

Hinweg, wem nicht der Busen schlägt,
　　Beym Namen: „Vaterland!“
Und wenn er ein Krone trägt,
　　Sey er von uns verbannt!

Hinweg, wem Freundschaft nicht das Herz
　　Voll hoher Wonne macht;
Dem bey der Brüder Lust und Schmerz
　　Nicht Mitgefül erwacht!

Hinweg, wen nie des Armen Not,
　　Des Kranken Pein gerürt;
Wer bey des Patrioten Tod
　　Nie einen Schmerz gespürt!

　　　　　　Hin.

Hinweg, wer Unschuld unterdrückt,
    Verdienste hungern läßt!
Es fehre, wen der Geiz bestrickt,
    Mit Buben Freudenfest!

Uns, uns gehört der edle Trank!
    Auf, stoßt die Gläser an!
Und trinkt das Wohl, mit Lobgesang,
    Von jedem braven Mann!

Auf Moses Mendelsohns Tod.

Im Jenner 1786.

Er war ein weiser Mann und forschte frey
Nach edler Wahrheit Stral. — Thorheit und
Bonzerey,
War seiner Seele Gift. — Er blieb der Väter
Sitte
Getreu, ein redlicher Israelitte,
Und wenn er irrte, war's gewiß nicht seine Schuld.
Du lieber Gott, du wirst mit alter Huld
Ihn dort empfangen, wo kein Orthodox ver=
dammt;
Wirst ihn zu himmlischem Ergözen,
Mit Abraham, von dem er stammt,
Und Sokrates zu Tische sezen.

Ein anders.

Geh nicht dies Grab vorbey, weils leicht sich fügt,
Daß ohne Dank du dich nicht wirst entfernen.
Du kannst beym Grab, in dem der weise Moses
liegt,
Mehr, als aus mancher Predigt lernen.

Wie=

Wiegenliebchen

zu singen nach einer Melodie von Schubart,*) Für
meine Freundin Charlotte Emminghaus, geb.
von Einem zu Erfurt.

Im Lenzmonat 1786.

Schlaf sanft, du liebes Mädchen du,
  Dir sey dein Schlummer süß!
Drük deine blauen Aeuglein zu
  Und träum' ein Paradies.
Noch weißt du nichts von Gram und Pein,
Schläfst sorglos mir am Herzen ein.
    Schlafe!
  Süßes Mädchen, schlafe!

Noch stralet dir die Sonne schön,
  Der Mond dir lieblich zu.
Wenn kühle Weste dich umwehn,
  Dann, Püppchen, lächelst Du.

*) Musikalische Rhapsodien, 1 Heft.

Doch

Doch ach, es kommt gar andre Zeit,
Sie ſinken oft in Dunkelheit.
   Schlafe!
  Liebes Mädchen, ſchlafe!

Es werde groß und gut dein Herz,
   Und bleibs bey jedem Tritt.
Es füle bey der Menſchen Schmerz
   Und ihren Freuden mit.
Rein, wie der hellen Sonne Schein,
So müſſe deine Seele ſeyn.
   Schlafe!
  Süſſes Mädchen, ſchlafe!

Die Unſchuld leit' und füre dich
   Durch dieſes Leben hin.
Die Sanftmut unterſtüze dich,
   Und leih dir frommen Sinn!
Unſchuldig ſittſam, ſanft und rein,
Das müſſen gute Mädchen ſeyn.
   Schlafe!
  Süſſes Mädchen, ſchlafe!

Wenn einſt dich eine Dorne ſticht,
   Es giebt auf Erden viel ;
Dann, liebes Kind, verzage nicht,
   Sie fürt zum beſſern Ziel.

        Wen

Wen nie geängstet hat der Schmerz,
Dem dringt auch Freude nicht ins Herz.
   Schlafe!
  Liebes Mädchen, schlafe!

Sey gut und fromm und sanft und rein,
   In jedem Augenblick!
Wirst du dich nur in Unschuld freun,
   Dann bauest du dein Glük.
Dann wird, zu deinem Lohn und Heil,
Dir einst ein braver Mann zu Theil.
   Schlafe!
  Süsses Mädchen, schlafe!

Meinen werthen Brüdern W* und H**

Am Tage nach ihrer Aufname in den Freymaurer
Orden gesungen, den 30ten April 1786.

Geschworen ist der Eid der Treue,
    Willkommen in dem Bruderbund!
Hier meine Freundeshand aufs neue,
    Und diesen Kuß vom warmen Mund!

Wie war euch, als ihr an dem Throne
    Des großen Bauherrn niedersankt,
Und dann, als ihr zum Arbeitslohne
    Den ersten Stral des Lichtes trankt?

Wie war euch in der Brüder Kraisen,
    So neu — und doch so gern gesehn; —
Und füllet ihr nach schweren Reisen
    Der Gottheit Schauer um euch wehn?

                         Bil.

Willkommen, meine lieben Brüder,
   Willkommen auf der Weisheit Pfad!
Sie lächelt freudig auf euch nieder,
   Die euer Herz gesuchet hat.

Ermattet nicht im Lauf zum Ziele,
   Der Weg ist rauh und dornigt oft;
Einst lohnen göttliche Gefüle
   Den, der auf ferne Freuden hofft.

O! möget ihr das Licht erblicken,
   Das Auserwählter Augen glüht,
Dem jeder Maurer mit Entzücken
   Von ferne schon entgegen sieht!

Gesegnet sey die frohe Stunde,
— Die euch im Tempel eingeweiht!
Willkommen ihr, im Bruderbunde,
   Willkommen in der Unschuld Kleid!

Mit

Mir rollt der Freude süsse Thräne
    Vom Aug. — O Traum! wie bist du
        schön! —
Ich sehe schon im Geist die Söhne
    Als Brüder um die Väter stehn;

Und wallen ruhig und zufrieden
    Dahin den mühevollen Lauf.
O stärkt mich, wenn ich will ermüden,
    Und helft mir, will ich fallen auf!

Die

Die Geliebte.

Im Brachmonat 1786.

Erſcheine, du ſchönſte der Schönen,
 In deiner Engelsgeſtalt!
Dir ſoll mein Saitenſpiel tönen,
 So hell, als es niemals geſchallt.
Komm mit dem Feuer im Blicke,
Du ſchönſtes der Mädchen, zurücke,
 So, wie ich dich geſtern erſt ſah;
 O! wärſt du doch, wärſt du ſchon da!

Komm mit den Grübchen der Wangen,
 Den Händchen, ſo voll und ſo rund,
Mit zärtlichen, ſüſſem Verlangen,
 Und mit dem roſigen Mund!
Komm, mit der Unſchuld im Herzen,
Mit deinem Lächeln und Scherzen,
 So, wie ich dich geſtern erſt ſah;
 O wärſt du doch, wärſt du ſchon da!

Komm

Komm mit der traulichen Miene,
    Der Stirne, dem Throne der Ruh!
Ein Engel, wenn er mir erschiene,
    Wär nicht so willkommen, wie du.
Komm, singe mir eines der Lieder,
Wie gestern auch heute nur wieder!
    Komm, ich erwarte dich ia;
    O! wärst du doch, wärst du schon da!

Ha! müßte ich einst wieder sie missen,
    Und sollt' ich nicht bis in den Tod
Das purpurne Mündchen ihr küssen,
    So lieb und so rund und so roth:
Was wäre das Leben mir Armen? —
O Liebe! bey deinem Erbarmen
    Beschwöre ich dich, lasse mir sie,
    Sonst tödte mich, tödt' mich nur früh!

An Mamsell Therese.

Im Brachmonat 1786.

Durch dich ist mancher Abend mir
Auf Rosenfittigen entflogen!
Therese! sprich, was geb' ich dir,
Daß du den Unmut von mir weggezogen? —
Geld? — Ach, das ungetreue Glück
Gab Dichtern nie den holden Blick,
Mit dem es oft sich Thoren günstig zeiget;
Und weil nun einmal Kopf und Herz
Bey mir sich zu der Musen Zunft geneiget,
Die keine Kasse hat; so nimm — ich bitte,
       sieh nicht trüb!
Mit Versen, statt des Gelds, vorlieb.
Ja, hätte mich der wandelbare Schimmer
Des Glückes angestralt, wie's aber nicht geschehn;
Ich kaufte Dich von Pflegevater Grimmer, *)
Um dich genug zu hören und zu sehn.
          Ich

---

*) Herr Franz Grimmer und Mamsell Therese Brün-
ner, spielten ihre Operetten in diesem Monat
hier mit allgemeinem Beyfall.

Ich suchte dir — was Mädchen gerne mögen —
Weil ich zur Zeit nicht freyen mag und kann,
Therese, einen braven Mann,
Und gäb' ihm dich mit meinem besten Segen.
Auch hättest du von meinem Ueberfluß
Stets ungehinderten Genuß.
Ich bin so lang ich hab, ein großer Freund vom
Geben,
Drum würdest du in deinem ganzen Leben
Nicht wissen, was der Mangel sey! — — Was
möcht'
Ich doch nicht alles thun, wenn ich nur reicher
wäre!
Ich schweige; — denn, bey meiner Ehre!
Sonst singst du mir: „Der Bär hat recht!" *)

Geh! — Scheiden ist der Menschen Loos hie-
niden,
Und sey beglückt, wohin der Weg dich führt!
Stets bleibe deine Brust zufrieden,
Die iezt so wenig Sorgen spürt.
Und bleibst du das, so wird's dich nie beküm-
mern,
Ob Gänschen reich im Golde schimmern,
Hast

*) Im Milchmädchen.

Haſt du doch Kopf und ein empfindſam Herz.
Doch hat — man weis es nicht — das Schick-
sal Schmerz
Dir aufgeſparet: o! dann kehre
So manche edle, weiſe Lehre,
Die du geprediget, zum Troſt dir ſelbſt zurück!
Spielſt du, im Kummerdrang, auf Vater Grim-
mers Ruf,
Mein Röschen: *) — Liebes Kind! ſo denke,
Daß ebenfalls ſo glänzende Geſchenke
Vom Schikſal der empfieng, der jene Rolle ſchuf!

---

*) In meinem Prolog mit Geſang: „Der beſchämte
Geizhals.

II.

II.

Muſikaliſche Gedichte.

II

Vorbericht.

In keinem Theil der Dichtkunst sind wir ärmer, als an musikalischen Gedichten. Ich kann die Schuld auf nichts anders schieben, als weil vielleicht unsre wenigsten Dichter auch Kenner der Musik sind. Ob gegenwärtige Gedichte etwas beytragen können, dem Mangel abzuhelfen, getrau ich mir nicht zu entscheiden, aber behaupten möcht' ich doch, daß ein Componist mehr Nahrung darinn finden dürfte, als z. E. in Buschmanns ledernen Cantaten, denen Homilius durch seine Musik die unverdiente Unsterblichkeit geschenkt hat. Ich hoffe wenigstens Empfindung hineingelegt und auffallende Härte in der Versification vermieden zu haben, zwey Dinge, die man von musikalischen Gedichten am ersten fordern kann.

Der Abschied des Calas ist im Jahr 1781 besonders gedruckt worden, doch hab ich ihn hier verbessert gegeben. *) Diesen sowohl, als das

D 2

*) Daß dabey der fünfte Akt des bekannten Trauerspiels genuzt worden sey, brauch ich wohl kaum zu sagen.

das Oratorium: Der Sterbetag Jesu, wollte mein seliger Freund Rolle componiren, aber leider zernichtete sein Tod den Entschluß, der mir so sehr zur Ehre und zum Vergnügen gereichte. Die Weyhnachts Cantate hab ich für einen Componisten verfertigt, der sich unter dem Namen Franz Neubaur im Jahr 1782 eine Zeitlang hier aufhielt. Die Musik ist ein wahres Meisterstück, das ich nie genug werde hören können. Vielleicht entschließ ich mich, einmal einen Clavierauszug davon heraus zu geben, oder die Partitur drucken zu lassen, wenn ich Herrn Neubaurs Aufenthalt erfare und von ihm Erlaubnis dazu bekomme.

Sollte diese Sammlung in die Hände eines guten teutschen Componisten kommen, und eins oder das andere Stück das Glück haben, ihm so zu gefallen, daß er die Mühe der musikalischen Bearbeitung daran wenden möchte; so wollt' ich wohl bitten, daß ich Nachricht davon erhalten könnte.

I.

Der Abschied des Calas

von seiner Familie,

Ein musikalisches Drama.

Verfertigt im Jahr 1781.

Per:

Perſonen.

Jean Calas.

Madam Calas.

Manuette.
Roſette. } ihre Kinder.
Pierre.

Lavaiſſe, ein Freund ihres Hauſes.

Jeanette, Dienſtmagd.

Capitoul David.

Der Abschied des Calas von seiner Familie.

Scene im Gefängnis.

Der alte Calas, (schlafend) Madam Calas, Rosette, Nanette, Pierre, Lavaisse und Jeanett.

Madam Calas.

Du brichst hervor am dunklen Horizonte
O Sonne! mit dem goldnen Licht.
Fleuch! wende deinen Lauf, Herold des
       Tages!
 Beleucht' ihn nicht, beleucht' ihn nicht!
Die Nacht entflieht vor deinem Glanz,
      o Morgen,
 Die Welt entdeckt der trägen Ruh;
Uns weckest du zu Schmerz und Sorgen.
 Warum — warum erwachtest du?

O

O Gott, wie schnell entfloh die jammervolle
Nacht!
Ein jeder Glockenschlag stieß einen Dolch
In mein gekränktes Herz.
Durch meine Seel fuhr der schaudernde Gedanke
Mit jedem Augenblick: schon wieder näher
rückt
Mein Calas seinem Ende.

Rosette.

O könnten wir mit ihm zum Tode gehn,
Mit ihm zugleich der Unschuld Kranz erringen,
Wie glücklich wären wir! Ach aber, ach, der
Schmerz
Des Abschieds! — — O mein armes Herz! —

Madam Calas.

Seht, meine Kinder, seht wie süs er schläft!
So schlummert nicht auf seinem weichen Bette
Der grau gewordene Verbrecher.
So schlummert nicht ein Mann,
Der seinen Sohn erwürgte.
Ach! Unschuld, Reinigkeit des Herzens,
Giebt seiner edeln Seele Frieden.

Lavaisse.

Ehrwürdiger Greis! wer kann dich ohne
Staunen
Und ohne Mitleid sehn? — Kein Wölkchen trübt
Die heitre Stirn; dein Odem geht
Wie Sommerlüftchen leise. — O möchtest du
In Gottes Ruhe so hinüber schlummern,
Eh die die Todtenglocke schällt!

Ach, entführt ihn, dieser Scene,
Engel Gottes, säumet nicht!
Trocknet jede heisse Thräne
Von des Edeln Angesicht!

Aber mus er — mus er leiden
Lispelt Tröstung ihm ins Ohr!
Spiegelt ihm die tausend Freuden
Wonnevoller Zukunft vor!

Nannette.

Noch schläft er der edle Greis, so unbeküm-
mert,
So sorgenlos, wie in der Sommerlaube
Ein Kind am schwülen Mittag schläft,

Um

Um deſſen Haupt die Frühlingswinde wehen,
Und Apfelblüthen niederſtreun. —
Doch, liebſte Mutter, iſt es nicht bald Zeit,
Den frommen Vater aufzuwecken?

Madam Calas.

O! weck' ihn nicht, mein Kind, noch früh
genug
Sieht er das Licht der Sonne,
Die ſeinen Todestag beſtralet.

Chor.

Ach, genieß zum leztenmal
Ruh und ſüſſen Schlummer.
Bald erwacheſt du zur Qual;
O! zu leiden ohne Zahl,
Und zu Angſt und Kummer.

Vater Sie von deinen Söhn
Liebreich auf ihn nieder
Wenn er wird zum Tode gehn,
Und zu dir um Beyſtand flehn,
Send ihn liebreich nieder!

Calas. (erwacht.)

Nimm meinen Dank am Staube hier,
Du, meines Schicksals Herr und Vater,
Für diese süsse Ruh!

Madam Calas.

Doch nun — o Gott! — zu neuem Schmerz
                         erwacht,
Zu Qual und Tod!

Calas.

        Sey ruhig, armes Weib!

Ich habe schon die Freuden
Der bessern Welt gefült;
Sah einen Engel, der die Palme
Dem Kommenden entgegen hielt.

Tief unter meinem Fusse
Schwand diese Erde hin,
Ich stund am Throne Gottes,
Sah neue Sonnen glühn.

Ein

Ein Stral vom Lichte Gottes
Hat mächtig mich gestält,
Und wie ein Held verlaß' ich
Nun diese niedre Welt.

Nun bin ich stark, so mat ich gestern war,
Da hin und her mein müdes Haupt gesunken,
Stark, stark an Leib und Geist.
Mich schreckt kein Rad, kein Schwerd, kein Schei-
terhaufen.
Triumph! Triumph! wie wohl ist mir,
Bald hab ich überwunden.

Madam Calas.

Gott helfe dir, der stets in Schwachen mächtig
ist!

Calas.

O meine Kinder! ihr schmeckt freylich früh
Des Lebens Bitterkeiten.
Doch seyd getrost, die Leiden dieser Erde
Sind jener Herrlichkeit nicht werth.
Ist eure Saat hienieden Thränen,
Verzaget nicht, ihr werdet Freuden ärndten.

Pierre.

Pierre.

O könnten wir den Tod zusammen leiden
Und möchten deine Richter
Auch unser nicht verschonen!

Calas.

Sey ruhig liebes Kind! Es ist Vermessenheit
Den Tod sich ungedultig wünschen,
Doch, wenn er kommt, ihm ohne Zittern
Entgegen gehn; die Züchtigungen,
Die eine weise Hand uns aufgelegt,
Mit stiller Unterwerfung tragen;
Das ist des Christen Pflicht.

Pierre.

Unschuldig leiden schmerzt,
Mein Vater!

Calas.

                 wolltest du
Denn, daß ich schuldig wäre?
Nein, Unschuld giebt mir Mut und Freudigkeit.

                           Wer

Wer weis, wie lange dieses Leben
Mein Antheil wär? — Schon stand ich ja
Mit einem Fus im Grabe.
Vielleicht hätt' ich auf einem Krankenbette
Der Leiden tausende gefült;
Jezt rückt ein Stoß mich schnell in die Gefilde
Der wonnevollen Ewigkeit.

Ach, schon schwimmt vor meinen Blicken
Hohes, himmlisches Entzücken.
In der Ferne hör ich schon
Auserwählter Jubelton.
Leiden einen Augenblick
Führen mich zu Ruh und Glück!

Madam Calas.

Gott seys gedankt, der dich so mächtig macht,
Mein Calas! O! wie wollt'
Ich den mit Freudenthränen grüssen,
Der mich mit dir zum Tode forderte!

Calas.

Nein, gute Mutter! lebe du,
Und sey die Stüze deiner Kinder!

Sey

Sey ihnen Rath, und Trost, und Beyspiel!
O! Lehre sie, mit harrender Geduld
Die Trübsal die der Himmel schickt, ertragen.
Ich leide willig für die Schuld
Des Armen, daß sich Gott erbarme.
An mir bestraft der Herr des Sohnes Missethat,
Ich will ihm stille halten.

Pierre.

Hilf Gott, mir zittert jede Nerve! —
Ich höre kommen, ach — wer wird es seyn? —

Capitoul David.

Noch einmal komm' ich, dich zu hören,
Verstockter! auf! gesteh, was deine Bosheit
Bisher zu läugnen wagte. Sprich!
Bist du der Mörder deines Sohnes?

Calas.

Gott, der in's Innerste der Herzen sieht,
Und mein Gewissen, zeugen mir,
Daß ich unschuldig bin. Er, der Barmherzige,
Der ewig Treue, wird die bange Seele,

Wenn

Wenn sie nach Pein und Martern flieht,
Zu seinen Freuden füren. Eines nur,
Mein Richter, o! verbittert mir,
Nicht meine letzte Stunde!

David.

Bekenne, Ketzer!

Calas.

Herr,
Wo kein Verbrechen, kann auch kein Geständniß
seyn.

David.

Sieh, ich verspreche dir . . .

Calas.

(zu seinen Töchtern.)

Ihr arme, gute Kinder,
Beruhigt euch, denn Gott, der Waisen Vater,
Wird mit euch seyn.

David.

Du hörst mich nicht?
So trage denn die Schuld für dein Verbrechen!
Ma=

Madam Calas.

Und du in jener Welt
Die Schuld des Deinigen!

Zittre, Gottes Donner schlafen,
Lange zwar, doch ewig nicht!
Zittre, wenn mit Fluch und Strafen
Dich ergreifet sein Gericht.
Wenn am Rande dieses Lebens
Du um Gnad' und Trost vergebens,
O! vergebens winseln wirst,
Wenn du unser ängstlichs Flehen
Ewig, ewig hören wirst.

David.

Thörichtes Weib!
Ich lache deines Fluchs und deiner Thränen!

Calas.

Erbarme dich, o Gott! vergieb es meinen
Richtern!
Verzeih die Blutschuld!

David.

Ketzer! — Ha!
Du magst der Blutschuld Strafe tragen!
(Entfernt sich.)

Calas.

Seyd ruhig, meine Lieben! suchet nicht
Der für uns starb, gab uns ein ander' Beyspiel.
Folgt ihm, vergebet euren Feinden,
Und Gott wird mit euch seyn.

(Man hört ein Glöckchen.)

Madam Calas.

O Gott!

(Sie fällt in Ohnmacht, alle werden
bestürzt. — Die Musik wage es, diese
jammervollen Gefüle auszudrücken.)

Calas.

Nun nun! das ist der Ruf zum Tode.

Hier bin ich Herr! du rufst — ich folge,
Und ehre deinen dunkeln Schluß.
Versüsse nur mit einem Tropfen Stär-
kung
Den bittern Kelch, den ich jezt trinken
mus.
Dein Wille, Vater, soll geschehen,
Ich harre dein und murre nicht. Ver,

Vernimm nur jezt mein leztes Flehen
Verlaſſe mich im Tode nicht!

O meine Kinder, tröſt euch Gott! er hat
Des Troſts die Fülle. Lebet wohl!
Liebt eure Mutter, ſorgt für ſie.
Bleibt eurem Glauben, weil ihr lebt, getreu,
Nicht Luſt der Welt und keine Trübſal mache
Euch von der Wahrheit wankend. Doch ertragt
Mit Liebe, die nicht eures Glaubens ſind,
Und laßt von blindem Eifer euch
Niemals zum ſchwarzen Haß verleiten!

Quartetto.

Calas, Roſette, Nannette und Pierre.

Alle { Lebet wohl, geliebte Kinder!
      { Vater, edler guter Vater!
Ach, der Trennung Stunde ſchlägt!

Calas.

Stärk, o Gott die matten Glieder!

Roſette.

Stürze unaufhaltſam nieder
Meiner heiſſen Thränen Flut!

E 2   Nan-

Nannette.

Laß, o Gott, ihn seinen Kindern!

Calas.

Er wird euren Jammer lindern,
Was er will, ist weis und gut.

Pierre.

Herr, verlässest du die deinen
So in ihrer Not?

Rosette.

Mus ich ungehöret weinen?

Calas.

Harrt und hofft auf Gott!
Lebet wohl, wir müssen scheiden,
Ehrt des Himmels dunkeln Schluß!

Nannette, Rosette, Pierre.

Gott sey bey dir in dem Leiden,
Vater, — nun — den lezten Kuß!
Seys geschieden — auch mit Schmerzen,
Wenn geschieden werden soll.

Calas.

Haltet mich in euren Herzen,
Liebe Kinder, — lebet wohl! —

Ca

Calas.

(zu seiner in Ohnmacht liegenden Frau.)

So lebe wohl, auch du, du Hälfte meines
                  Lebens,
In deren Armen ich mein bestes Glück empfand.
Gott segne dich, Gefärtin meiner Wohlfart,
Er sey dein Helfer, bis ich einst dich dort,
Im Land der Ruhe, wo der Jammer schweigt,
Wo keine Thräne mehr vom Auge rinnt,
Umarme. Mein Lavaisse! — o! mir bricht
                  das Herz
Vor banger Wehmut! — Gott! — ich kann
                 nicht mehr! —
Jeanette, lebe wohl! es lohne der,
Der alles Gute lohnt, dir deine Treue,
Mein Dank geht mit mir in die Ewigkeit.
O meine Kinder! ach — das ist das leztemal,
Daß ich der Menschheit Schmerzen fühle.
Es ist das leztemal, daß ich empfinde
Was das für Qual gebiert, auf Erden
Zurück zu lassen, was in meinen Tagen
Mir stets am liebsten war.

Arioso.

Gott sey mit euch! — Der Allbarmherz'ge
                  leite

E 3
            Durchs

Durchs Leben euch, wie's ihm gefällt!
Der Allbarmherzige bereite
Durch Kreuz und Wonn' euch für die beßre
Welt!

(geht ab.)

Schlußgesang.

Lavaisse, Nannette, Rosette, Pierre und
Jeannette.

Stärk ihn auf dem Todesgang,
Gott! verleih ihm Mut und Kräfte!
Ach, erhalt' ihm Heiterkeit
Bey dem feyerlichsten Geschäfte!

Kürze, kürze seine Pein!
Die der arme unverschuldet,
Die er ruhig wie ein Lamm,
Das zur Schlachtbank geht, erduldet.

Zeuch uns bald, o bald, ihm nach,
Die, mit ihm vereinet,
Hier in diesem Jammerthal
Thränen viel geweinet.

Laß uns, Vater, murren nicht,
Still durchs Leben gehen!
Drüben werden wir erst ganz
Deinen Rath verstehen.

II.

II.

Der Sterbetag Jesu.

Ein Paßions Oratorium.

Verfertigt im Jahr 1781.

E 4

Der Sterbetag Jesu.

Choral.

O Herr! mein Heil, an deſſen Blut ich
glaube,
Ich liege hier vor dir gebückt im Staube.
Verliere mich mit dankendem Gemüte
In deine Güte.

Recitativ.

Er wallet trüb von Oſten her,
Dein Todestag, du Heil der Sterblichen!
Bald hängſt du aller Hülfe los,
Vom Ewigen verlaſſen.
Bald ſinkt dein mühevolles Haupt
Auf die gepreßte Bruſt.
Wie willig, wie gedultig trägſt
Du Hohn und Schmach!
Und bitteſt göttlich groß, für ſie,
Die deine Seele haſſen.

Arie.

Arie.

Sey mir gegrüßt, sey mir gegrüßt,
O, heil'ger Todeshügel!
Ihr Zeugen meiner Schmerzen fließt
Empfindungsvolle Thränen, küßt
Den heil'gen Todeshügel!

Chor.

Fallet nieder, Menschenkinder!
Fallt in Staub aufs Angesicht!
Strömt zum Engelharfen Klang
Euren betenden Gesang!
O Erlöser, Heil der Sünder,
Hör' es und verwirf uns nicht!

Recitativ.

Er kommt, er kommt!
Ich seh ihn schon im wütenden Gedränge,
Es stürmt die ungezähmte Menge
Heraus zum Thor Jerusalems.
Frolocken lacht aus ihren Mördermienen.
Mein Heiland, ach! — er wankt — er bebt —

Und

Und mühsam hebt
Sein Fus sich kaum vom Boden.
Schon ist er nah
Mit seinem Kreuz, der fromme Dulder,
Dem schauervollen Golgatha.

Arie.

Ach, ich habe das verschuldet,
Herr, o Herr, was du erduldet,
Alle Schmerzen, alle Pein,
Laß, o Jesu, für die Triebe
Deiner gränzenlosen Liebe
Mich dir ewig dankbar seyn!

Choral.

Mein Gott, mein Gott! gedenke nicht
Der Sünden meiner Jugend!
Wie strenge schien mir oft die Pflicht,
Wie traurig schien die Tugend!
Du zürnst von deiner Gottheit Siz,
Die Welt erbebt vor deinem Bliz,
Du donnerst hoch im Wetter.
Wer wird mich deinem Zorn entziehn?
Zu deinem Kreuze will ich fliehn,
Mein Heiland, mein Erretter!

Reci=

Recitativ.

O! welch ein unnennbarer Schmerz
Tobt in der besten Mutter Herz!
Glückselige, vor Millionen auserkohren,
Die den Messias einst zum Heil der Welt geboren,
Wie war dir, als so sorgenlos
Der Heilige auf deinem Schoos gelächelt,
Des Himmels Glanz ihn sanft umfloß,
Und Engelruh in deine Seele goß?
Wie war dir, Mutter, da in Freuden
Auf Bethlehems beglückten Haiden
Der Engel Chor ein Hallelujia sang?
Und nun? — O! bald durchschneidet deine Seele
Das schon gezückte Schwerd.
Du mußt ihn sterben sehn, der deine Freude,
Die Wonne deines Herzens war.
Wie wird dir seyn, du, einst glückselige? —
Und ihr, geliebte des Messias,
Freundinnen, Jünger, — o! wie wird euch seyn,
Wenn ihr nicht mehr die holde Stimme höret,
Die euch so lieblich war?
Wenn um sein Kreuz der Todesengel schwebt,
Und in die Nacht sein müdes Haupt
Herabsinkt und erblaßt?

Arie.

Arie.

O tröste sie, du hast des Trosts die Fülle,
Wenn sich ihr Gram, in Gott geweihter
                                Stille,
    Aus dem gepreßten Herzen gießt.
Wenn sie dir ängstlich rufen, o! so höre,
Und trockne selbst der Wehmut heisse Zähre,
    Die über ihre Wangen fließt!

Recitativ.

    Wenn ihr noch seyd, ihr Kranke, die er heilte,
Betrübte, denen Trost sein Mund ertheilte;
So kommt, stürmmt durch das wilde Volk!
Erzählt, was er an euch gethan!
Denn seht, hier steht der Mann,
Der oft die Hand als Helfer ausgestrecket,
Der Todte hat ins Leben aufgewecket,
Er steht, umringt von seinen Mördern.
O Gott, sie greifen ihn,
Sie schlagen ihn ans Kreuz! —
Erbarmen! — ach, Erbarmen! —
Umsonst, sie hören nicht.
Israels Engel wendet sein Gesicht,

                                        Und

Und hüllt's in eine trübe Wolke.
Schon rinnt sein Blut aus Nerv und Adern,
Schon hängt er ausgespannt,
Der Heilige, zum Schauspiel seinem Volke.

Arie.

Versöhnender! laß mich dein Kreuz um-
                                        fassen,
In Staub gebückt will ich anbeten dich.
Du hängst, von Gott verlassen,
Und blutest auch für mich.

Chor.

Siehe, das ist Gottes Lamm,
Welches der Welt Sünde träget!

Choral.

Geopferter, wer kann die Seligkeiten,
Die du uns gabst, mit vollem Dank aus-
                                        breiten?
Herr, unsre Seel entschwingt sich ihren
                                        Schranken,
        Ringt, dir zu danken.

                                        Re-

Recitativ.

Was hat die Bosheit nicht zu Jesu Qual
                                erdacht?
Er hängt zween Mördern in der Mitte,
Gekränkt im Tode noch, von einem
Der Mitgekreuzigten.
Doch seelig du, der an ihn glaubte,
Dem nicht der Tod des Himmels Erbe raubte.
Dein Herz schlägt laut vor Wonn' empor,
Da dein entzücktes Ohr
Des Trostes Worte höret:
„Noch heute wirst du, glaubt es,
„Mit mir im Paradiese seyn!

Duett.

A.   Wird einst mein Auge brechen,
     Herr, dann sey du mein Licht!

B.   Und kann ich nicht mehr sprechen,
     Verwirf mein Stammeln nicht!

A.   Dann zeige mir im Bilde
     Die seligen Gefilde,
     Wo du, o Herr, regierst!

B

B. Wo jede Wehmuth schweiget,
Mein Jubel höher steiget,
Erlöser, Friedefürst!

Beyde. Laß, Jesu, nach dem Sterben
Mich deinen Himmel erben!

Choral.

Dort wird seyn das Freudenleben,
Wo viel tausend Seelen schon
Sind mit Himmels Glanz umgeben,
Stehen da vor Gottes Thron.
Wo die Seraphinen prangen,
Und das hohe Lied anfangen:
Heilig! heilig! heilig heißt
Gott der Vater, Sohn und Geist!

Recitativ.

Ich seh, ich seh, es rückt die bange Stunde
Nun immer näher.
Blut fließt aus jeder Wunde,
Dem großen Sündentilger.
Er muß unnennbarn Jammer füßen,
Und tausend tausend Dolche wühlen
Durch seiner frommen Mutter Brust.

Er

Er schaut auf sie vom hohen Kreuze nieder,
Wird bleicher — bebt — und blutet stärker noch.
Darauf ermannt er sich,
Und spricht mit liebevollem Ton:
„Das, meine Mutter, ist dein Sohn!"
Und zu Johannes: „Sie ist deine Mutter!"
Sie sehn sich an,
Die Wehmut hemmt den Strom der Worte;
Sie ehren ihn durch stummes Sehnen,
Und weinen heisse Dankes Thränen.

Arie.

Wenn um mein Sterbebette
Herr, einst Verlaßne stehn,
Und flammende Gebete
Für mich zum Himmel gehn;
Wenn sie sich trostlos quälen,
So send' in ihre Seelen
Zufriedenheit und Ruh!
Kann ich nicht für sie sorgen,
Mein Vater, sorge du!

Choral.

Herr! Herr! ich weis die Stunde nicht,
Die mich, wenn nun mein Auge bricht,
Zu deinen Todten sammelt.

Vielleicht umgiebt mich ihre Nacht,
Eh ich dies Flehen noch vollbracht,
Mein Lob dir ausgestammelt.

   Vater!

   Vater!

   Ich befele

   Meine Seele

   Deinen Händen!

Jezo, Vater, deinen Händen!

Recitativ.

Fülst du, Natur! was jezt mein Heiland
        leidet? —
Denn ach, die Erde bebt in ihren Tiefen,
Die Sonne birgt das stralende Gesicht in Wolken,
Und sie umziehn den ganzen Horizont.
Erzittre nun, du Mörderstadt
Jerusalem, die ihn gekreuzigt hat!
Nacht liegt auf dir, in deinen Gassen
Ist alles todt, kein Laut ertönt darin.
Blick auf! blick auf zum Golgatha!
Mein Jesus ruft: „Wie hast du mich,
„Mein Vater, so verlassen!"
Die Leiden häufen sich,
Er ruft: es dürstet mich!

              Und

Und nun: „es ist vollbracht!"
Vernimm sein leztes Wort:
„Empfang, o Vater, meine Seele!"
Jezt brechen ihm die Augen,
Zum leztenmale zuckt der Mund, —
Er stirbt! —

Arie.

Die Arbeit, die ich dir gemacht,
Versöhner Gottes, ist vollbracht,
  Dank dir mit Herz und Munde!
Nichts kann mich fürder schrecken mehr,
Jezt wart' ich froh und ruhiger
  Auf meine Todesstunde.

Recitativ.

Und wenn die Donner einst zum schrecklichen
      Gerichte
Die Todten alle rufen, wenn
Das Weltgebäud' in wilden Flammen schmilzt,
Die Himmel all' vergehen;
Dann werd ich Jesum nicht als Richter sehen,
Er wird Erbarmer seyn,
Und o! um seines Todes willen
Mir jede Missethat verzeihn.

Er.

Erhebe dich auf kühner Andacht Flügeln,
O meine Seel', erhebe dich!
Und ströme deinen Dank
Im frohen Lobgesang
Zu des Erlösers Füssen.

Schlußchor.

Hier stehen wir an deinem Grabe,
Versöhner Gottes, nimm uns an!
Nimm unsre kleine Opfergabe,
Gerürter Herzen Thränen an!
  Bring uns zu deines Reiches Erben,
  Steh uns an unserm Ende bey!
  Gieb, daß dein Leben und dein Sterben
  Doch nicht an uns verloren sey.
Hier stehen wir an deinem Grabe,
Versöhner Gottes, nimm uns an!
Nimm unsre kleine Opfergabe,
Gerürter Herzen Thränen an!

III.

III.

Weynachts Cantate.

Verfertigt im Jahr 1782.

F 3

Weyhnachts Cantate.

Chor.

Lobsinget, ihr Menschen, zum Klange der
Saiten,
Fallt nieder in Staub und betet an!
Dankt, ihr Erlößte! mit Jubel und Freuden,
Dem Herrn, der Grosses euch Schwachen
gethan!

Quartetto.

Der du der Deinen Sehnen
So liebevoll vernahmst,
Und in dies Thal der Thränen

Als

Als unser Helfer kamst;
O! sey uns froh gegrüsset,
Mit herzlicher Begier,
Allgütiger! es fliesset
Des Dankes Thräne dir!

Recitativ.

Wie war euch, die im Thale Bethlehems
Mit ihren weißen Heerden irrten,
Als Gottes Klarheit euch umstralte,
Und Engelharfen durch die heitre Luft
In mächt'gen Tönen schallten?
Die Lämmer zitterten,
Die Hirten stohn in hoher Palmen Schatten,
Da säuselte die Stimme sanft herab,
Wie Zephir über Blumen säuselt;
„Ihr Hirten zittert nicht!"

Arie.

Heil und Leben hat die Nacht
Euch, ihr Sterbliche, gebracht!
Euer Retter kam hernieder,
Oeffnet euch den Himmel wieder.

Heil

Heil dir, göttlich schöne Nacht,
Die das Leben uns gebracht!

Duett.

T. Deine Güte zu ermessen
Gott, laß meine Wollust seyn!

B. Nimmer will ich dir vergessen,
Flammend meinen Dank zu weihn.

T. Wenn die Morgensonne glühet,
Steiget er zu dir empor.

B. Wenn die Nacht mich rings umziehet,
Stamml' ich dir Gebete vor.

Beyde.

Und dereinst, vor deinem Throne,
Nach dem Ablauf meiner Zeit,
Gott, sey dir und deinem Sohne
Ganz die Ewigkeit geweiht!

Schluß.

Schlußchor.

Ehre sey Gott in der Höhe!
Schall es durch die weite Welt.
Ehre sey Gott in der Höhe,
Töne Thal und Wald und Feld!
   Alle deine Himmel bringen
   Ehre Dank und Jubel dir.
   Und wir Erdensöhne singen:
   Ehre sey dir für und für!

IV.

IV.

Das Lob der Tonkunst.

Eine Cantate.

Verfertigt im Jahr 1784.

Das Lob der Tonkunst.

Chor.

Steig, o Harmonie hernieder,
    Steig herab von Sternenthron!
Dir erschallen unsre Lieder,
    Dir der goldnen Saite Ton,
Dir, der Schöpferin der Freuden,
Dir, der Trösterin im Leiden,
    Schallet unser Jubelton,
    Steig herab vom Sternenthron!

Arie. Canto.

Wer stärkt, wie du, den Müden,
    Mit Leben, Mut und Kraft?

Wer

Wer iſts, die Ruh und Frieden,
  Wie du, Bedrängten ſchaft?
Wer ſtreut auf Dornenwegen,
  Wie du, der Roſen piel?
Wer führt auf morſchen Stegen
  So mütterlich zum Ziel!

Recitativ.

O ſeht das Kind! noch in der Wiege
Bringt ihm Geſang den balſamvollen Schlaf.
Kaum ſeiner Mutter Bruſt entwöhnet,
Kaum freyer auf die Fluren blickend,
Stimmt es ſchon ſelbſt aus ſeiner kleinen Kehle
Den Ton des Herzens an.
Wer lehrt den jungen Bürger dieſer Erde,
Wer lehrt ihn das, als du, geliebte Harmonie!

Arie. Tenor.

Du biſts, die Philomelen
So ſüſſe Lieder lehrt.
Du biſts, die bangen Seelen
Die Zukunft oft verklärt!

                              Dich

Dich preißt der Bach mit Wirbeln,
Dir rauscht der Tannenhain.
Des Menschen beste Freuden
Erschaffest du allein.

Recitativ.

Das Leben ist ein Traum,
Die Freude flieht auf Flügeln schnelle,
Ein finstrer Gram sitzt auf der Stirne bald,
Und nagt am armen Herzen.
Was wären wir, o du, vom Himmel auser-
                      kohren,
Zur Menschentrösterin,
Was wären wir, wenn du mit deiner Laute
Dem Leidenden nicht seinen Gram zerstörtest?
Was wären wir, wenn Nacht uns rings umzieht,
Wenn du, o Himmels - Schöne
Nicht freundlich lächeltest?

Arie. Baßo.

Wer zerstreut, wie du, die schwarzen
Wolken trüber Phantasie?
O! wem huldigt jedes Alter
Stärker, als der Harmonie!

Greise

Greise, die am Knotenstabe schleichen,
Horchen gerne deinen Liedern zu.
Du begleitest sie mit Melodien
In des Grabes Ruh.

Recitativ.

Verlaß uns nicht, o Mutter unsrer Freuden,
Verlaß uns nicht, bis in den Tod!
O führe du an deiner Hand das Kind,
Den Jüngling und den Mann!
Sey bey uns, wenn das Herz vor Wonne
                    bebet,
Sey bey uns, wenn des Kummers Thräne
                    rinnt.
Ach, ohne dich zerknirrt sich jede Freude,
Ach, ohne dich erlägen wir im Schmerz.

Rondeau.

Laß, wie Töne dieser Saiten,
Holde Göttinn, laß so rein,
Ach, wir flehen dich, die Freuden
Unsers ganzen Lebens seyn!

Un-

Unter Freuden, unter Scherzen,
 Unter Kuß und Becherklang,
Wohn' in deiner Kinder Herzen
 Und vernimm den Hochgesang!

Leit' uns du auf allen Wegen
 Mütterlich an deiner Hand!
Sieh mit Blicken voller Segen
 Wer sich dir hat zugewandt!

Wenn des kurzen Lebens Blume
 Bald verblüht, dann nimm uns auf.
Krön' in deinem Heiligthume
 Uns nach dem vollbrachten Lauf!

Mehr, als Philomelens Töne,
 Preisen deine Gütigkeit
Deine Töchter, deine Söhne,
 Durch die lange Ewigkeit!

Schlußchor.

Steig, o Harmonie, hernieder,
 Steig herab vom Sternenthron!

Dir erschallen unsre Lieder,
Dir der goldnen Saite Ton!
Dir, der Schöpferin der Freuden,
Dir, der Trösterin im Leiden,
Schallet unser Jubelton,
Steig herab vom Sternenthron!

V.

Das Lob der Maurerey.

Eine Cantate,

zur Feyer des Johannis Festes.

Verfertigt im Jahr 1786.

Das Lob der Maurerey.

Chor.

Tochter der Weisheit, entschwebe dem
                    Himmel,
Siehe, schon düftet der Weyhrauch empor!
Siehe das selige Jubelgetümmel,
höre den festlichen heiligen Chor!
  Siehe, dir huldigen deine Geweihten,
heilige Mutter, am Ordensaltar!
  Schöpferin reiner, entzückender Freuden
Schwebe herunter zum Ordensaltar!

Recitativ.

  Sie kommt, sie kommt! — Auf Rosenwol
                    len schwebt
Herab die Mutter zahlenloser Kinder.

                Au

An ihrem Busen glänzt das goldne Winkelmaß,
Der Zirkel in der Schwanenhand.
Ihr Strel erhellet schon die mystische
Geweihte Nacht; ihr Lächeln hebt
Uns himmelan! — Wohlauf, ihr Brüder! streut
Ihr weiß und rothe Rosen hin, und dankt
Mit wonnetrunknem Sinn
Der Göttinn, daß sie uns zu Lieblingen erkohr!

Arie.

Dreymal willkommen im festlichen Liede,
Sey uns, du Göttliche, dreymal gegrüßt!
Selig, ja selig, wen du einst erkohren,
Selig, wer deine Beschäzung genießt!

Recitativ.

Als, zürnend auf das sündige Geschlechte,
Asträa diese Welt verließ,
Und Ungerechtigkeit und Bosheit aus der Hölle
Heraufgestiegen waren;
Als Menschlichkeit den Thron der Fürsten floh,
Die Tugend tief im Staube seufzte,
Das darbende Verdienst der blasse Hunger
Mit seinen tausend Schrecken lohnte;

Als

Als Freyheit unterdrükt und Dummheit herr-
schend war;
Da, heil'ge Mutter, wälteft du
Die wen'gen Edeln dir zu Jüngern aus,
Und lehrteft fie in fchauerlicher Nacht
Der Weisheit und des Edelmuts Geseze.
Ein brüderliches Band verknüpfte fie,
Die deine Stimme hörten.
Sie fchwuren, dir getreu zu feyn,
Und deine honigfüße Lehren
In myft'fche Dunkelheit zu hüllen
Und nur den treuerfundenen
Das Licht der Warheit aufzuftecken.

Arie.

Ach, erhell' auch unfre Pfade,
In des Irrthums trüber Nacht!
Stärk' uns mit dem Blick der Gnade,
Der uns froh wie Engel macht!
Ach, zerftreu' in unfern Seelen,
Mutter, jede Dunkelheit,
Warn' uns liebreich, wenn wir fehlen,
Gieb im Unglück Heiterkeit,
Und wenn wir das Gute wälen,
Ewige Beharrlichkeit!

G 4

Recitativ.

In ihrer Halle hat die goldne Freyheit dich
Geboren und gesäuget die Natur.
Die Schönheit pflegte dich und goß aus goldner
Urne

Der Gaben tausende auf dich;
Dann zog die Stärke dir den Harnisch an,
Du nahmst die flammende Aegyde —
Da sah der Weisheit Göttin dich
Und weinte Freudenthränen.
Nimm, Tochter, rief sie, alles — alles hin,
Was ich dir geben kann!
Und so von Schönheit, Stärk' und Weisheit
ausgerüstet,

Kamst du herab ins Thal der Sterblichen,
Und rieffst zu dir, wer deine Stimme hörte.
Mit Mutterhänden fürtest du den Mann
Im Kittel, und den Mann im Purpur.
Wer Weisheit liebt, so sprachst du, sey
Ein Bruder seiner Brüder!

Duett.

A. Mutter, dir ist alles gleich,
   Schäfferhütt' und Königreich!

B.

B. Gold und Rang und Macht und Land
Sind vor dir nur eitler Tand!

A. Herzen, rein wie die Natur,
Sehen deine heil'ge Spur.

B. O! von Stolz und Heucheley
Bleibt dein lichter Tempel frey.

Beyde.

Gleichheit schützet unser Band!
Traulich, friedlich, Hand in Hand,
Wallt der König und der Knecht,
Und genießt der Menschheit Recht.

Recitativ.

Du, du verbindest Menschenherzen
Mit deinem heil'gen Band.
Am Vorgebürg der guten Hoffnung, wie
Im Schnee umstürmten Lande, kennen sich,

Die

Die deine Stimme hörten.
Kein Volk, kein Land, kein Gottesdienst,
Macht bey dir Unterschied.
Wer den allmächt'gen Bauherrn ehrt,
Und ihm von Herzen dient, der ist dein lieber
Sohn.

Zu jeder Tugend leitest du
Den Treuerfundenen; du giebst
Beruhigung, wenn die Philosophie
Umher in bangen Zweifeln schwankt.
Wen du zur Zahl der Auserwälten rufst,
Der ist beglückt, und diese Welt
Wird ihm zum Paradies.

Arie.

Himmelgesendete, Heilige, Reine!
Wenn wir dich rufen, o Mutter, erscheine!
    Schwebe herab vom crystallenen Thron!
Höre den Schwur der ewigen Treue,
Komm, du Erhabne, vom Himmel, und
                                    weihe
    Deine Geliebten zum künftigen Lohn!

Re-

Recitativ.

Der Tochter Gottes, der Religion,
An ihrer Hand, erscheinest du, wenn unser Freund,
Der Tod, die Hippe schwingt, wenn kalter
                     Schweis
Von unsrer Stirne träuft, die Welt,
Mit allem, was sie hat, von unsern Blicken
                     schwindet,
Und nur die Ewigkeit noch vor der Seele schwebt
Mit ihr vereinet, giessest du
Des Trostes Fülle in der Brüder Herz,
Wenn sie mit Tod und Leben ringen,
Geleitest sie durch jene dunkle Pfade
Zum hohen Licht und reichst
Die Palme den Vollendeten!
Sey bey uns einst, wenn unser Auge bricht,
Und zeige dich in deinem Himmelsglanz,
Wenn jede Kraft von uns entweichen will.
Reich uns die Schwanenhand und führe dann,
Wenn wir den Kampf vollendet, uns
Zur Auserwälten Zahl und zu Johannis
                     Brüdern!

                                     Schluß.

Schlußchor.

Tönet, o tönet, ihr heiligen Lieder,
Helle Trompeten, schallt freudig darein!
Ihr, die uns sandte die Gottheit hernie-
der,
Sollen die Herzen geheiliget seyn!
Glücklicher mache sie die Söhne der Erde,
Hält sie gesichert im mühsamen Lauf;
Stillet den Kummer, fernt jede Beschwerde,
Hebt uns vom Lichte zum Lichte hinauf.

III.

III.

Prosaische Aufsäze.

Personen.

Ein Dorfamtmann.

Michel, ein junger Bauer.

Röschen, ein Bauermädchen.

Ein Tambour.

Das Theater stellt einen ländlichen Platz vor, den ein Wald begränzt. Im Vordergrunde steht eine Laube.

Der

Der beschämte Geizhals.

Erster Auftrit.

Der Amtmann in der Laube sizend. Neben
ihm liegt ein Geldsack, vor ihm ein Buch,
worin er rechnet.

Geld, du schönstes der Metalle,
Geld, dich lieb ich inniglich!
Liebes Geld, dich wünschen alle
Menschen auf der Erde sich!

Schlüssel bist du zu dem Herzen
Spröder Mädchen, scheu und wild,
Stimmest sie zu Amors Scherzen,
Machst sie wie die Täubchen mild.

Wagens. Ged. III. B.   H   Geld

Geld, du machst den Dummkopf weise,
Deckst die Midasohren zu;
Auf der langen Lebensreise
Ist nichts köstlichers, als du!

Lasterhafte machst du edel,
Streust in Richteraugen Sand,
Sezest manchen leeren Schädel
Weisen an die rechte Hand.

Geld, du bist mein Trost auf Erden,
Labsal mir bey jedem Tritt;
Soll ich einst begraben werden,
Liebes Säckchen, gehst du mit!

Ja, du liebes, liebes Geld! was wär ich
ohne dich? — Wahrhaftig, ein purer, blosser
Hundsfott. — (Er rechnet.) Sechs und zwölf
macht achtzehn, und 24 dazu, macht 42.
Vier, acht, dreyzehn, fünf — macht 30, zusammen zwey und siebenzig. — Hm, hm! —
Zwey und siebenzig tausend zu sieben ein halb
Procent, das macht — das macht. — zwey und
siebenzigmal 75 ist — zweymal 5 ist 10, fünf-
mal 7 ist 35, und 1 ist 36, zweymal 7 ist 14,

siebend

ſiebenmal 7 iſt 49 und 1 iſt 50, macht 5400 Gulden. — Dann wärſt du noch übrig, mein Säckchen, das ich einem ehrlichen Mann mit einem chriſtlichen profitabeln Profit von acht Procentchen vertrauen muß. — Nun, wie ſiehts dann mit den kleinen Currentſchulden? — Hanß Flik, hundert Gulden, zu fünf und einhalben Procent. — So ſo! — muß aufs Häuschen denken! — Weiter. — Peter Schelfiſch, der Schreiner — 25 zu ſechs; — ſolls bey erſter Gelegenheit abverdienen. — Marianna Feldin, ſieben Gulden zu fünf — — Was der Geyer! Nur zu fünf, und noch nicht zurück genommen? — Holla! du kommſt mir eben recht. Zahlen, zahlen oder in Thurm! Das Lumpenvolk neckt und zwackt einem ſein Bißchen Geld heraus, und giebt nichts und wieder nichts dafür. — — Nun, bey alle dem ſoll ich doch mit Gott und Ehren ausreichen, wenns nicht fatal geht. Hätt' ich doch meine Enkeltochter nur vom Halſe, die in der Stadt iſt! Die Hüte à la Blanchard, die Leviten, die Culs de Paris, Spizen und Bänder ungerechnet, koſten mich jährlich eine infame Summe. — Warum hab ich aber geheyrathet? — Wär ich ledig geblieben, ſo dürft ich keine Enkeltochter erhalten.

Der

Der Ehestand ist ein Plagestand!
Das Weib geht euch nicht von der Hand,
Sie will nur Geld — Geld — Geld!
Und geht ihr zornig aus dem Haus,
So sucht sie euch die Taschen aus;
Ach, die verdorbne Welt!

Im Ehstand kommen Kinder her,
Die machen euch das Leben schwer,
Sie wollen Geld — Geld — Geld!
Und gebt ihrs nicht, so finden sie
Bey Christ' und Juden ohne Müh;
Ach, die verdorbne Welt!

Was kosten Tauf= und Leichenschmaus!
Das nimmt kein End, das geht nicht aus,
Es kostet Geld — Geld — Geld!
Und regnet' es vom Himmel her,
So würd' euch doch der Beutel leer;
Ach, die verdorbne Welt!

Ja, ja! so ists! das Mädchen mus mit Ehren
unter die Haube! Mein Nachbar, der alte Grip=
pon, das ist der rechte Mann für sie, der hat
so

so ein ganz artigs Kapitälchen von etlichen sechzig tausend, über das noch brauchbares Gewand von der seligen Gertraud, das kann sie gleich tragen und ich brauche um so weniger anzuschaffen. Zwar ist er ein Dummkopf von Haus aus und wohl noch etwas schlimmers; aber er hat Geld und das ist einem Mann wie mir und meines Gleichen Beweggrund genug, ein Mädchen zu verkuppeln. — (Er herzt den Geldsack.) Ach, du liebes, liebes Geld! — Einziger Trost auf dieser schäbigen unglücksvollen Erde! (Geräusch von außen.) Holla! wer da? — Mein Degen! — meine Pistolen! — alle Wetter, daß ich nichts bey mir habe! — Armes Säckchen, wie zittr' ich für dich! — liebe, runde Schäfchen, wenn ihr mir gestolen würdet! — (Er verbirgt den Geldsack in Busen.) Hah! — ein Mädchen? — Nun, die Furcht war unnöthig.

Zweyter Auftrit.

Der Amtmann. Röschen.

Röschen.

Gestrenger Herr Amtmann!

H 3

Amt-

Amtmann.

Was beliebt?

Röschen.

Gestrenger Herr, ich komme — Sie zu bitten —

Amtmann.

Nur um kein Geld Mädchen, denn da käme Sie unrecht an.

Röschen.

Und haben doch des Geldes so viel?

Amtmann.

Ich? — ich hätte viel Geld! — das hat ihr ein Esel gesagt, der's nicht besser weis.

Röschen.

Ich selbst bin Ihre Schuldnerin.

Amtmann.

So? — wüßt' ich doch nicht, daß der Name, dem dies niedliche Gesichtchen gehört, in meinem kleinen Schuldenbuch stände.

Rös-

Röschen.

Leicht möglich, aber doch der Name meiner Mutter?

Amtmann.

Wem gehört sie dann, mein schönes Kind, um Vergebung zu fragen?

Röschen.

Meine Mutter hieß Marianna Feldin.

Amtmann.

(Für sich.) Flickerment! da scheints, ist was zu machen. — (Zu Röschen.) Und heißt nun nicht mehr so?

Röschen.

Ach Gott!

Die beste Mutter, die nur wär,
Umschließt die enge Todtenbaar.
Ich armes Kind, welch trüb Geschick!
Blieb nur allein verwaißt zurück.

Vor-

Vorgestern als es zwölfe schlug,
Da seufzte sie: „nun ists genug!"
Reicht' ihre Hand mir zärtlich her,
Und neigt das Haupt und war nicht mehr.

Gestrenger Herr, Barmherzigkeit!
Ich, die ihr tausend Thränen weiht,
Ich komm' euch weinend anzuflehn,
Laßt mich nicht unerhöret gehn!

Amtmann.

Ja ich erinner' mich, daß ich seit zwey Jahren
bey ihrer Mutter sieben Gulden um ein lumpi-
ges Intereße gut habe. Kann sie mich bezalen?

Röschen.

Eben deswegen komm' ich, Sie wegen der
Bezalung um Geduld zu bitten.

Amtmann.

Geduld? — Geduld? — Mein liebes, Rö-
nes Mädchen, in dergleichen Angelegenheiten ist
Geduld für mich ein widerwärtig klingendes
Wort. Sieht sie, ich brauche mein Geld, und
da wird sie sich gefallen lassen, mich zu bezalen.

Rös

Röschen.

Gestrenger Herr, ich — kann nicht.

Amtmann

Ja, so kann ich auch nicht.

Röschen.

Ich will arbeiten, daß mir das Blut aus den Nägeln sprüzt, um Sie, sobald möglich, zufrieden zu stillen.

Amtmann.

Morgen mus es seyn, denn ich brauche mein Geld; oder wenn sie es nicht bringt, so ist hier an der Ecke eine Bewohnung für sie, die man — den Thurm nennt.

Röschen.

In Thurm? — Barmherziger Himmel!

Amtmann.

Ja, und da kann sie sizen bis mein Schimmel schwarz wird.

Röschen.

Haben Sie Mitleiden, gestrenger Herr! mit einem armen verwaißten Mädchen!. Ich will
Sie

Sie ehrlich bezalen, nur schenken Sie mir so
lange Aufschub, bis ich es mit meiner Hände
Arbeit verdient habe.

Amtmann.

Aufschub? — Keinen Tag, keinen Augenblick
länger, als bis morgen Nachmittags um drey
Uhr. Hab ich dann mein Geld nicht, so wird
der Mann im grünen Rock — sie kennt ihn schon
einen Spaziergang in ihr Dörfchen machen und
Mamsell Röschen abholen.

Röschen.

(Fällt auf die Knie.) Barmherzigkeit, Gestrenger Herr!

Röschen.

Hier lieg ich und flehe,
Und stehe nicht auf!

Amtmann.

Vergebens! O stehe
Sie, Mädchen, nur auf!

Rös-

Röschen.

Ich fleh um Erbarmen,
Mir armen, mir armen
Getrettenem Wurm!

Amtmann.

Bezale sie morgen,
Dann ist sie geborgen;
Sonst — marsch, in den Thurm!

Auf! ich kann das Gewinsel nicht leiden!

Röschen.

So ist all mein Flehen umsonst?

Amtmann.

Ganz umsonst!

Röschen.

Gut, so will ich gehen. Der Schulmeister
soll mir die Geschichte in Verse sezen und eine
Weise dazu machen. Ich will sie vor den Thüren
singen; vielleicht giebt es noch mitleidige Herzen, die mir so viel zuwerfen, daß ich Sie bezalen kann.

(Sie will gehen, der Amtmann hält sie.)

Der

Der Amtmann.

Weiß sie was, Röschen, ich sehe, sie ist ein gut Mädchen und weil sie das ist, so schwer es mich bey den jezigen harten Zeiten ankommt, so will ich ihr doch das Drittel nachlassen, wenn — — (Er streichelt ihr die Backen.) Gelt mein Käzchen, du verstehst mich schon?

Röschen.

Mein gestrenger Herr!

Amtmann.

Nicht? — nun so muß ich mich erklären. Siehst du, es wird schwer halten, bis morgen so viel mit Singen zu verdienen, daß ich bezalt werde und geschieht es nicht, so ist der Sentenz gefällt. Aber willst du gefällig seyn und mir auf Abschlag, bis auf weiters, ein paar saftige Mäulchen geben; (er will sie umfassen.) so — —

Röschen.

Zurück!

Zwar bin ich ein armes Mädchen,
Ohne Hülfe, ohne Dienst,
Und mein kleines Spinnerädchen
Ist mein einziger Gewinnst:

Aber

Aber ach! ein rein Gewiſſen
Und ein heiters Angeſicht,
Sollen mir die Not verſüſſen,
Und mehr brauch ich warlich nicht.

Stets will ich auf meinem Pfade
Freudig mich der Tugend weihn;
O! dann wird des Himmels Gnade
Jeden Tag mir nahe ſeyn.

Amtmann.

(Für ſich.) Abgefaren! — (zu Röschen.) Nun
gut, gut mein troziges Ding! Wir wollen ſehen,
wer morgen trozt, ich oder ſie! Kann ſie ſo vornehm
thun, ſo bezal ſie auch, oder in Thurm und hie-
mit Baſta! (geht ab.)

Dritter Auftrit.

Röschen.

Nun, wo hinaus, Röschen? — Bis morgen
ſieben Gulden bezalen, da iſt keine Ausſicht und
keine Hoffnung. Soll ichs verſuchen, ob ich in
der Stadt auf mein ehrlich Geſicht hin ſo viel
auf

auftreibe? O! wer wird es mir geben? Es giebt der edeln Seelen so wenig dort, aber der hartherzigen Geizhälse so viele. Ihre einzige Absicht, die Spindel, um die sich all ihr Denken, Dichten und Trachten dreht, ist Gewinn, sie wollen nur Schäze in ihren Kaßen, aber um ihre Köpfe und Herzen bekümmern sie sich nicht. Und wer steht mir dafür, daß ich nicht wieder an einen Unwürdigen gerate, der Geizhals und Wollüstling zugleich ist; daß ich wieder erfare, welchen Kränkungen die Tugend des Armen ausgesezt ist!

Ein armes Mädchen ist ein Stein,
An den sich jeder stößt;
Weh ihr, hat noch ihr hübsch Gesicht
Die Wollust eingeflößt!

Man traut ihr keine Tugend zu,
Man lockt mit Schmeicheley,
Und sträubt das arme Mädchen sich,
So wird man kühn und frey.

Und ach! erliegt im heißen Kampf,
Das arme, arme Kind;
Dann kann sie in die Wildniß fliehn,
Und weinen sich halb blind.

O du, der mich auf seine Welt
So dürftig hat gesetzt;
Sieh, daß mein tugendhaftes Herz
Ein Bösewicht nie verletzt.

Vierter Auftritt.

Röschen Michel.

Michel.

Ey sieh' da, Röschen, woher schon so früh?

Röschen.

Guten Tag, Michel!

Michel.

Ein schwermütiges „Guten Tag!" Fehlt Ihr etwas?

Röschen.

Ach ja! Meine Mutter ist gestorben, das wißt ihr vielleicht schon, Michel?

Michel.

Hab davon gehört, ja! das läßt sich nun nicht ändern, Röschen. Da muß sie sich in den Willen des

des lieben Gottes ergeben. Freylich ist es hart für
sie; aber ist sie doch gesund und frisch, hat sie doch
Hände zum arbeiten, und will sie das, so ver-
hungert sie nicht. Der liebe Gott läßt keinen
Vogel in der Luft verhungern, geschweige denn
einen Menschen. Sey sie getrost, Röschen! und
vertraue sie ihm, er wirds wohl machen.

Röschen.

Es ist auch das nicht allein, weßwegen ich
traure.

Michel.

Nun, so vertraue sie mir ihren Kummer,
vielleicht kann ich Rath schaffen.

Röschen.

Ihr, Michel! — wohl schwerlich.

Michel.

So lasse sie wenigstens hören!

Röschen.

Vor zwey Jahren als mein Vater starb, und
meine Mutter in der äussersten Dürftigkeit zurück
ließ,

Hes, bargte sie, um ihn zur Erde zu bestatten und zur Bezalung einer Schuld, von dem hiesigen Amtmann sieben Gulden. Eben war ich bey ihm, bat ihn um Geduld, versprach, alles redlich zu bezalen; aber der Ungestümme drohte, mich in den Thurm werfen zu lassen, wenn er bis morgen Nachmittag um drey Uhr sein Geld nicht erhalte.

Michel.

Schon richtig! Je reicher, desto filziger; je filziger, desto ungerechter.

Röschen.

Das ist noch nicht alles. Auf vieles Bitten wollte er endlich mir ein Drittel der Schuld nachlassen; aber er verlangte, daß ich es auf Unkosten meiner Tugend erkaufen sollte.

Michel.

Der Niederträchtige! daß ich ihm nicht gleich den Hals umdrehen darf!

Röschen.

Also, Michel! wo nehm ich Trost und Hilfe her? Ich bin nicht im Stande zu bezalen, weis auch bis morgen nicht so viel aufzutreiben und geschieht das nicht — o! der Amtmann hält Wort.

Michel.

Das soll er nicht! bey meiner armen Seele, das geb ich nicht zu, daß man sie in den Thurm stecke.

Röschen.

Könnt ihr mir helfen?

Michel.

Sieht sie, Röschen, ich bin nicht reich; aber ihr zu helfen hab ich immer noch genug. Ich wollte eben heut in die Stadt; um mir ein neues Wamms anzuschaffen; es hat noch Zeit mit dem Wamms. Das Geld, denk ich, ist wohl besser angewandt, wenn ich ihr aus dieser Verlegenheit helfe.

Röschen.

Ihr wollt mir helfen Michel? lieber Michel!

Michel.

Hier ist das Geld.

Röschen.

Und so bereitwillig?

Michel.

Man mus nicht viel Umstände machen, wenn man Gutes thun will, mus sich nicht viel bitten lassen; das mögen die vornehmen Herren thun, wir Bauern sind so was nicht gewohnt. Michel ist ganz gerade hin, ohne Umstände, ohne Umstände.

Röschen.

Tausend, tausend Dank, guter Michel!

Michel.

Bring sie's dem hungrigen Amtmann und sag sie ihm, da sey sein Geld, er könnte sich nun die Mühe ersparen, sie in den Thurm sperren zu lassen.

Vierter Auftritt.

Die Vorigen. Der Tambour trommelt über's Theater, schlägt an einer Ecke einen Komödienzettel an und gehet wieder ab.

Fünf-

Fünfter Auftritt.

Röschen. Michel.

Röschen.

Was war das, Michel?.

Michel.

Es sind Schauspieler hier auf dem Schloß der gnädigen Herrschaft, haben schon manch schnurriges Stückgen aufgeführt. Ich helfe manchsmal die Lichter puzen und da komm ich umsonst dazu: Warte sie, wie heißt das heutige Stück: Der Geizige und das Zigeuner Mädchen. Da soll unser Amtmann und seines Gelichters drein gehen, kriegen scharfe Lauge.

Röschen.

Lieber Michel, fast wird mir das Geld zu schwer. Laßt mich zum Amtmann gehen, um es los zu werden und verlaßt euch darauf, daß ich es mit Dank wieder zurückgeben werde, so bald ich kann.

Mi.

Michel.

Schon gut, schon gut, geh sie nur! — Aber heh! noch eins, wer weis, wenn wir uns wieder sehen. Ich hätt' auch eins auf dem Herzen.

Röschen.

Nun?

Michel.

Sie weis es längst, daß ich ihr von jeher gut war; nun möcht ich wohl wissen, ob sie mirs auch sey?

Röschen.

Und wenn ichs nie gewesen wäre, so hätt ich heute Ursache gefunden, es zu werden.

Michel.

Nein, sie soll nicht denken, unser einer sey so eigennüzig, daß er mit einer Hand gebe, und mit der andern zehnfach nehme. Aufrichtig, Röschen! war sie mirs vor heute auch schon?

Röschen.

Von Herzen!

Michel.

Nun, sieht sie, jetzt will ich erst reden, sonst hätt ich geschwiegen, so sauer michs auch angekommen wäre. Ich bin des Dienens satt! Ein jeder sehnt sich endlich nach der goldnen Freyheit und nach seinem eignen Heerd. Sie ist eine Waise. Will sie sich, wie's so gemeiniglich geht, in der in Welt herumstossen und plagen lassen? Wär's nicht besser, sie gäbe mir flur ihre Hand und würde mein liebes Weibchen?

Röschen.

Wie, Michel! was fällt euch ein?

Michel.

Hm! was jedem Purschen von meinem Alter über kurz oder lang einmal einfallen mus. Ich will heyraten. Was kann man auch auf der Welt Gottes bessers thun? — Bey meiner armen Seele, es ist doch eine ganz hübsche Sache darum, einmal zu wissen, wem man gehört, Heyraten will ich, und zwar sie und keine andere.

Röschen.

Mich? — ohne Vermögen?

Mi.

Michel.

Da ſey ſie ruhig! Michel denkt ſchon weiter, als ihm die Naſe reicht und vom Hungerleiden iſt er allein nicht Patron, geſchweige dann wenn er ſelbander wäre. Ein andermal ſag ich ihr, womit wir uns nähren wollen. Hat ſie weiter keine Bedenklichkeit, als dieſe, ſo geb ſie mir nur das Patſchgen.

Röschen.

Hier iſt es!

Michel.

Bravo! Man ſieht wohl, daß ſie nie in der Stadt geweſen iſt. Da zieren ſich die Jüngfer-chens, wenns auf den Punkt kommt, daß es den lieben Gott in ſeinem blauen Himmel oben erbarmen möchte; und hat manche erſt: — wie gerne, wie gerne wäre man ſie wieder los!

Röschen.

Warum das, Michel?

Mi-

Michel.

Ja, da hat sie gar keinen Begriff davon. Vielen stehen nur so gerne am Markt herum müssig, sehen wo die Vögel her fliegen, mögen nicht kochen, nicht nähen, nicht spinnen, nicht haushalten; flattern hin, flattern her, werden bey all ihrem Wohlleben gelbsüchtig und bleich und der arme Mann — der verdirbt mit so einem Weibe. Adieu Partie, sagte der selige Herr, bey dem ich Kutscher war.

Röschen.

Nun Michel, das habt ihr bey mir nicht zu besorgen.

Michel.

Wills Gott! — Also sind wir eins?

Röschen.

Bis in den Tod!

Michel.

Was wird das nicht für Freude seyn,
Wenn jener Morgen taget,
Die Glocke schallt, die Fidel tönt,
Und unser Pfarrer fraget:
„Hans Michel, willst du Röschen da:
„So sprich anjezt ein lautes Ja?" —
Herr Pfarrer, ja, von Herzen!

Röschen.

Was wird das nicht für Freude seyn,
Wenn du mich „Weibchen" grüſſeſt,
Und gegen mich voll Zärtlichkeit
Und Liebe überflieſſeſt!
Wenn jeder Tag dich froher macht,
Und jeden Abend heitrer lacht
Der Mond vom stillen Himmel.

Michel.

Wenn mich des Tages Hize drückt,
Wirst du die Stirne kühlen,
Und mit dem weissen Sonnenhut
Um meine Backen spielen.

Im

Im Winter, auf der Ofenbank,
Erheiterſt du mich mit Geſang,
Beym hellſten Lampenſchimmer.

Röschen.

Wenn einſt die Kinder um uns her
In frohen Reihen ſpringen,
Und von der freyen Wieſe mir
Die Blumen luſtig bringen;
O Himmel, welche ſüſſe Luſt
Wird dann die treue Mutterbruſt
So inniglich durchglühen!

Beyde.

Schlag ſüſſe goldne Stunde bald,
Die uns zum Glück vereinet!
Wo jedes Aug dem andern zu
Der Freude Thränen weinet!
O Himmel nur Zufriedenheit
Und ſelige Genügſamkeit,
Laß niemals von uns weichen!

Michel

Holla! der Amtmann, ich ſeh ihn von ferne.
Ich will dich alſo allein laſſen. Rede mit ihm und
zahl ihn aus, daß er zufrieden iſt. (geht ab.)

Sechſ

Sechster Au tritt.

Röschen allein.

Das war eine schnelle Veränderung! — Also, Röschen! bist du ruhig wegen deiner Schuld an den Amtmann, hast Geld, bist Braut und kriegst den besten Jungen zum Mann! — Hu! wie das alles im Kopf und im Herzchen durcheinander wirbelt!

Wie ist mirs doch so wunderlich,
In Sinnen und Gedanken!
Die Bäume tanzen um mich her,
Und meine Füsse schwanken.

Das Herzchen schläget, tick, tack, tack!
Das Aeuglein wird so trübe:
O! welch ein sonderbares Ding
Ists doch nicht um die Liebe!

Ich denke hin und denke her,
Wie das so schnell gegangen,
Verlier den Faden, muß von vorn
Gleich wiederum anfangen.

Es ist ein wunderlich Gefül,
Das ich wohl nie ergründe;
Ach Michel, daß ich doch mit dir
Schon am Altare stünde!

Was wird der Amtmann sagen, wenn er mich
so findet, wenn ich ihn gleich bezale? Ha, wie
wird er sich wundern! vielleicht — wer weis —
wohl gar sich ärgern? — Meinetwegen, was
liegt mir daran? Genug, daß er mich nicht kann
in den Thurm werfen lassen und also — Gesichter her, Gesichter hin; Röschen fürchtet sich
nicht mehr dafür.

Siebenter Auftritt.

Der Amtmann. Röschen.

Amtmann.

Was macht denn sie noch hier, Jüngferchen?
Ich dachte, sie studiere schon lang an ihrem
Liedchen, das sie singen will, um ihre Schuld
bezalen zu können.

Röschen.
Ich habe mich anders besonnen.

Amt-

Amtmann.

Also will sie in Thurm spazieren?

Röschen.

Nein, gestrenger Herr!

Amtmann.

Kann sie mich bezalen?

Röschen.

Ja gestrenger Herr!

Amtmann.

So geschwind? — Ey, so lasse sie doch sehen.

Röschen.

Hier gestrenger Herr! Haben Sie nur die Güte, mit den Schein meiner seligen Mutter zurück zu geben.

Amtmann.

(Nimmt den Schein aus der Brieftasche und giebt ihr ihn.) Aber sage sie mir doch, wer hat ihr dann das Geld so geschwind gegeben?

Röschen.

Ein Mann, dem ich in meinem ganzen Leben keinen Gefallen habe thun können, und wer weis,
ob

ob ich künftig im Stande seyn werde, ihm diese
Handlung genug zu vergelten.

Amtmann.

So, so! — Nun, es hätte auch keine so
große Eile damit gehabt, und das mit dem
Thurm war nur Spaß; würklich, Röschen,
nur Spaß.

Röschen.

Es ist so besser, ich bin Leuten Ihrer Art
nicht gerne verbunden. Sehen Sie, gestrenger
Herr Amtmann! sie sind vornehm, aber —
hart, denn   (geredet.)

Höher und himmlischer warlich, schlug
Das Herz, das der Bauer im Kittel trug

Amtmann.   (betroffen)

Also ein Bauer? Einer von meinen Bauern?

Röschen.

Ein schlichter gerader Bauer hat mir aus
der Not geholfen. Wenn Sie Gefül für Be-
schämung hätten; so müßte Sie dies tief krän-
ken. — Abieu, gestrenger Herr Amtmann! Nichts
für ungut! Versäumen Sie heute Abend die
Ro-

Komödie auf dem Schloß nicht, es wird aufgefürt: Der Geizige und das Zigeuner Mädchen.

Amtmann.

Ho ho! nur fein schnippisch! — Röschen, schone sie mich! Warlich ja, ihr Bauer hat mich beschämt. Wenn so viel Edelmut im Kittel steckt, sollte dann unter der goldnen Weste ein schlechtes Herz klopfen? — Ich will mich bessern. Hab ich doch ja genug zum Leben und kann vielleicht noch gut machen, was ich manchsmal verdorben habe.

Röschen.

O! das wäre ja tausendmal mehr wert, als meine Schuld!

Amtmann.

Höre sie, Röschen! hat der Bauer schon eine Hausfrau?

Röschen.

Nein, aber nächstens wird er mich dazu machen. Gestrenger Herr, ich will Sie in voraus höslich zur Hochzeit eingeladen haben.

Amtmann.

Topp Röschen! ich komme und will ein Hochergeschenk mitbringen, das ihr und ihrem Bräutigam zeigen soll, wie sehr er mich beschämt hat.

Ihr

Ihr Herren, die ihr geizig seyd,
Folgt mir und werdet beſſer!
Ich hatte nichts, als Furcht und Pein,
Obgleich Dukaten = Fäſſer.
Ein Bauerkerl hat mich beſchämt;
O meine lieben Herren, nehmt
An mir ein gut Exempel.

Röschen.

Ein edler Sinn, ein froher Mut,
Iſt täglichs Wohlbehagen;
Geht über Gold und Geld und Gut,
Das laßt euch warnend ſagen!
Der Geiz iſt aller Laſter Quell;
Zufriedenheit macht's Leben hell,
Nehmt mich nur zum Exempel!

Beyde.

Wie wird das Hochzeitmal ſo froh
Für jedes von uns werden!
O! könnte mancher Hochzeittag
So froh gefeyert werden!
Doch wenn der Geiz die Ehe knüpft,
Wie's oft geſchiehet; o! da ſchlüpft
Manch Thränchen von den Wangen.

L.

Zugabe.

Inhalt.

Meiner

theuersten Freundin,

Frau

Maria Elisabeta Heinzelmännin,

in

Kaufbeuren

zugeeignet.

An die Hofnung.

Im Junius 1786.

Des Himmels Frühgebohrne,
  O du, voll Huld und Gnad,
Von Ewigkeit Erkohrne,
  Zum Trost auf unserm Pfad;
Komm, nahe dich im Glanze,
  Der, Göttin, dich umgiebt,
In deinem Sternenkranze,
  Den keine Wolke trübt.

Dir dank' ich all mein Glücke,
  Das ich so froh genos,
In manchem Augenblicke,
  Wenn Thrän' um Thräne flos;
Wenn ich zum Grabe nieder
  Mit heißer Sehnsucht sah;
Dann warst du, Holde, wieder
  Mit deinem Balsam da.

)(3

Wenn

Wenn ich so oft verloren,
  Was mir das liebste war,
Und schien zu seyn erkohren
  Für Elend und Gefar,
Wenn mir das Mißgeschicke
  Getrübet meinen Sinn;
Dann lenktest du die Blicke
  Zu heitrer Aussicht hin.

Wenn Menschen mich betrogen,
  So süß von Angesicht,
Von Treu und Liebe logen,
  Von Edelmut und Pflicht;
Dann sprachst du: Lieber, quäle
  Darum dich nicht so sehr,
Gieb jener guten Seele
  Dafür nun froh Gehör!

Wenn ohne sanften Schlummer
  Ich manche Mitternacht
An dieses Lebens Kummer
  Und seine Last gedacht!

Dann

Dann sangst du, Himmelsschöne!
  Mir süße Tröstung vor,
Und deiner Stimme Töne
  Vernahm so gern mein Ohr.

Wenn mich der Liebe Schmerzen
  Umfiengen ganz und gar,
Und meinem armen Herzen
  Die Ruhe ferne war;
Dann fengst du an zu kosen,
  Und sprachst: Mein Sohn, hör auf!
Hier brach der Sturm die Rosen,
  Dort lacht die Sonne drauf.

Laß seyn, daß jetzt ein Leiden
  Dir tobt durch Bein und Mark,
Einst fühlest du die Freuden,
  Der Liebe doppelt stark.
Hör auf, mein Sohn, zu klagen,
  Laß das vorüber gehn,
Einst lacht nach trüben Tagen
  Auch dir die Sonne schön.

Ich

Ich traue dir von Herzen,
  Du, die so milde spricht!
Du Trösterin in Schmerzen
  Verlaß mich ewig nicht!
Selbst in der Todesstunde
  Sey du von mir nicht weit,
Und sing mit sanftem Munde
  Mir von der Ewigkeit!

An Sie.

Im Junius 1786.

Dein gedenken will ich mit Entzücken,
  Wenn der Abendstern vom Himmel stralt,
Will an deinem Bilde hangen, ach! mit Blicken,
  Woraus heisse Sehnsucht wallt,
Will dem Monde tausend Grüß' empfehlen,
  Liebes, gutes Kind! an dich.
O! vielleicht begegnen unsre Seelen
  Dann auf seiner Scheibe sich.

Will den besten Menschen in der Ferne sagen,
  Daß auch du in ihrem Zirkel bist,
Daß dein Angedenken unter Pein und Plagen
  Mein gewünschtes Labsal ist:
Will die süße Hofnung rege machen, —
  Ach! — sie scheuchet jedes Weh!
Daß du werdest mir entgegen lachen,
  Wenn ich diese Fluren wieder seh.

                              Liebes,

Liebes, edles, gutes Mädchen, lebe
    Wohl, bis wir uns wieder sehn!
Oft, du fühlsts, am stillen Abend schwebe
    Ich im Westwind freundlich um dich her,
Stelle mich, du meine liebe, traute,
    Dir vor's redliche Gesicht,
Lisple dann mit halbersticktem Laute:
    Süßes Mädchen, ach, vergiß mich nicht.

Abſchiedslied.

Im Junius 1786.

Bald ſchlägt die trübe Stunde,
  Daß ich euch laſſen ſoll,
Bald ſchwindet von dem Munde
  Das letzte: „ lebet wohl! "
In weite Ferne winket
  Mir nun des Schickſals Hand,
Die Thräne, die jetzt ſinket,
  Zeigt euch, was ich empfand.

Ja, Freunde, Schweſtern, Brüder,
  Es muß geſchieden ſeyn!
Wills Gott! wir ſehn uns wieder,
  Einſt bey Geſang und Wein,
Und winden neue Bande
  Um Arm und Herz, gerürt,
Wenn mich aus fernem Lande
  Mein Schutzgeiſt wieder fürt.

Wenn dort von ihrem Hügel
   Die Nacht sich niedersenkt,
Dann schwingt auf kühnem Flügel
   Mein Herz, das eurer denkt,
Sich her in eure Kraise,
   Wo edle Freude stralt,
Wo manche süße Weise
   Von schönen Lippen wallt.

Ihr denkt bey euren Freuden,
   Ich hoff' es ganz gewis,
Des Freundes, welchen scheiden
   Von euch das Schicksal hies.
Dies sey auf allen Wegen
   Mir Labsal in Verdruß:
Hier — meinen besten Segen,
   Und warmen Abschiedskuß.

An Bayer*) und sein Gustchen.

(Erlang den 21 Septembris 1786.)

Ihr seyd beglückt! —   Zwar schlug der
    Bösewicht,
Ihr kennt ihn, euren Herzen Wunden,
Nacht war's um euch, des kleinsten Sterleins
    Licht
War — leider! — rein hinweg geschwunden.
Freund Bayer hieng den Kopf,
Nicht Theokrits und nicht Virgils Idyllen
Vermögen seinen Gram zu stillen.
Blaß, wie ein Pastor fido, schleicht der arme
    Tropf
Ins Feld hinaus und jagt nach seinen Grillen.
Er klagt dem Mond des Herzens tiefe Pein,
Und schläft auf weichem Bett um Mitternacht
    erst ein.

                      Se

*) Professor zu Erlang.

So Zentnerlast lag nie auf seiner Seele,
Wenn er vernahm, daß die und jene Stelle
Horazens falsch ein Scholiast erklärt,
Und er nach langem Suchen erst erfährt,
Wie nah' uns oft verborgne Wahrheit liege. —
Und Gustchen — ach! — ist stumm bey Tanz
    und Spiel,
Und was ihr sonst so herzlich wohl gefiel,
Will — leider — nun nicht mehr gefallen.
Sie läßt beym Näh'n die Nadel zehnmal fallen,
Zerreißt, verwirrt den feinsten Zwirn,
Und reibt sich unmutsvoll die Stirn,
Vergißt das Salz zur Abendsuppe,
Und seufzt, wenn Zaubrer Amor eine Gruppe
Von glücklich Liebenden ihr vor die Augen malt.
Ein dunkler Hain ist nun ihr Lieblings=Auf=
    enthalt,
Wo in der Nachbarschaft Freund Bayer nach
    den Sternen,
Doch nicht mit Branders Tubus, blickt.
„ Wer ist der Mann? den möcht' ich kennen
    lernen,
„ Er scheint nachdenkend; — ihn entzückt,
„ Wie weiland Theophron, die Harmonie
    der Sphären
„ Vielleicht? " — Man wagt es, sich zu
    nähren,
                                 Er=

Erkennt, weil Luna lieblich scheint,
Was man zu sehn gewünscht, erkennt den
    Herzensfreund.
Wer giebt mir Kraft, das alles zu erzälen,
Was damals euch verliebten Seelen
Bald hie bald da geschah? — Genug, daß
    jenen Schmerz,
Der euch so oft in Kopf und Herz
Gesessen, wie der böse Feind verwcikte,
Der Mann im schwarzen Mantel heilte,

Ihr seyd beglückt! Mit Wollust seh ich zu,
Es klopft mein Herz in stärkern Schlägen.
O Liebe! wie beseligst du,
Wen du geleitest auf des Lebens Dornenwegen!
Wie anders, Freund! wird nun die Scene seyn,
Dringt dir der Ruf zu beyden Ohren:
„ Herr, eure Frau hat einen Sohn gebohren!
„ Laßt euren Pindar, hört den Kleinen schreyn! "
Welch liebliche Musik! so tönte sicher nie
Die Gluks und Benda's Harmonie.
So süße Lust hat nie dein Herz durchdrungen,
Bey all dem Göttlichen, was dein Homer gesungen.
Bey Gott! das möcht' ich sehn, die unnennbare
    Lust,
Wenn an der guten Mutter Brust

           Das

Das Püppchen liegt, dein Fuß beym Stehen
    wanket,

Der Mund nicht reden kann, nur stumm dein
    Geber danket.

O! laßt mich auch verstummen, denn dies Glück
Zu fülen, gab mir das unfreundliche Geschick,
Doch nicht zu kosten; und was ist das Leben,
Wenn's nicht die Liebe würzt? — Wer kann
    mir geben,

Was sie gewährt, und nicht mein Erbtheil
    scheint.

Seyd stets beglückt, und denkt an euren Freund,
Der ehemals unter Amors Fahnen
So gern gedient, in manchem Kampfe war;
Was ist sein Lohn für Mühe, für Gefar? —
Der Lohn der grossen Herren für ihre Veteranen.